LIEUTENANT ☆☆☆☆☆ VERSIGA

MARCHIALY

LIEUTENANT

☆ ☆ ☆ ☆ ☆

VERSIGA

UNE VIE
DE FLIC
DANS LE
MISSISSIPPI

RAPHAËL
MALKIN

Éditions Marchialy,
Une maison créée et dirigée par
Clémence Billault et Cyril Gay
8, rue Léon-Jouhaux 75010 Paris
www.editions-marchialy.fr

MARCHIALY

Pour celle des îles et des allées.

If the good Lord's willing and the creek don't rise.

Proverbe sudiste qui se traduit simplement
par « Si Dieu le veut ».

« La vie est un ouragan. Nous nous barricadons pour sauver ce qui peut l'être et nous nous courbons vers la terre, vers cet espace protégé juste au-dessus du sol que le vent ne pourra atteindre. Nous célébrons les anniversaires de nos morts en nettoyant leurs tombes et en nous asseyant auprès d'eux, devant un feu de bois, en partageant notre nourriture avec ceux qui ne mangeront plus. »

Jesmyn Ward, *Les Moissons funèbres*

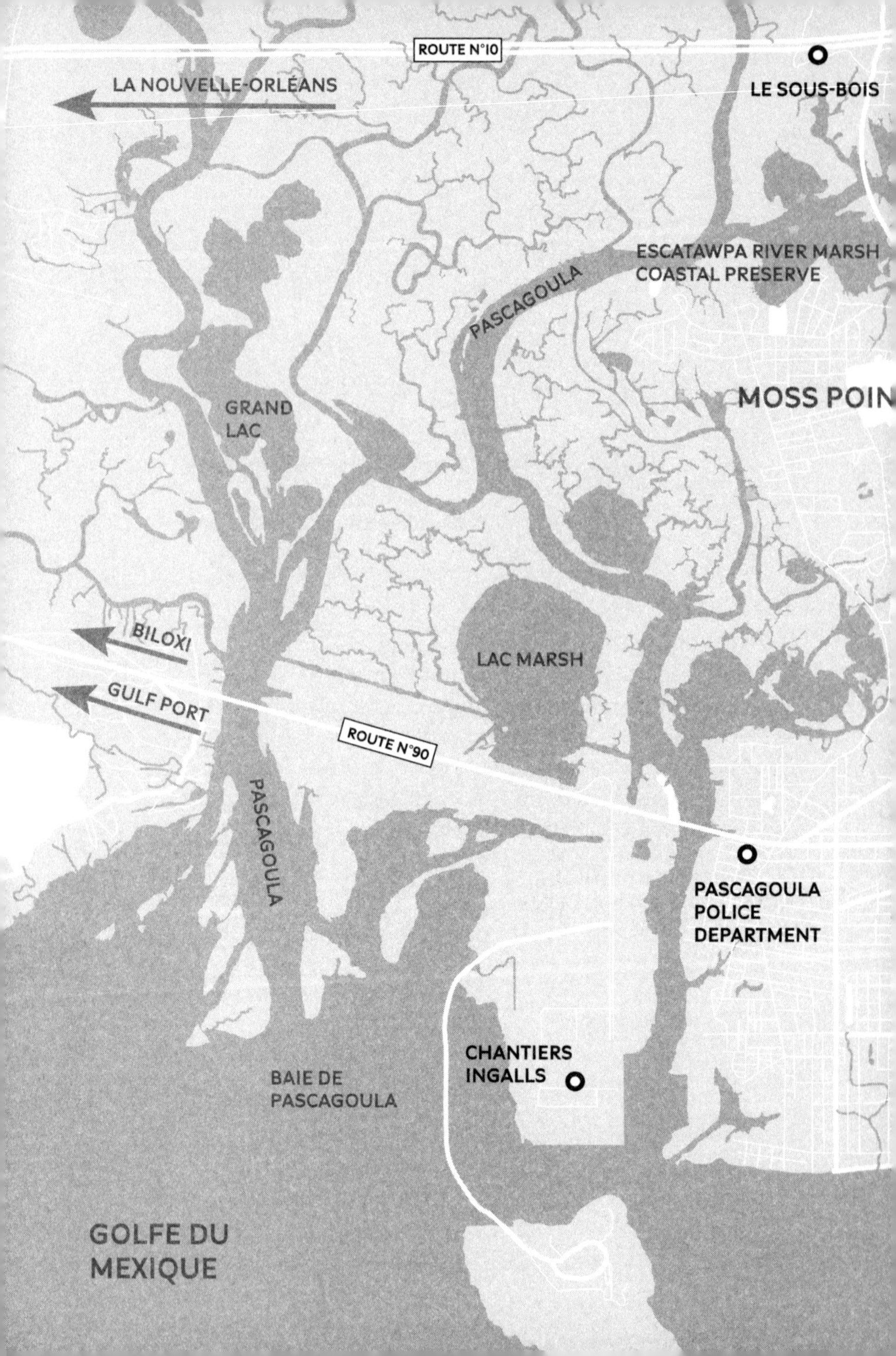
ROUTE N°10
LA NOUVELLE-ORLÉANS
LE SOUS-BOIS
ESCATAWPA RIVER MARSH
COASTAL PRESERVE
PASCAGOULA
MOSS POIN
GRAND
LAC
BILOXI
LAC MARSH
GULF PORT
ROUTE N°90
PASCAGOULA
PASCAGOULA
POLICE
DEPARTMENT
CHANTIERS
INGALLS
BAIE DE
PASCAGOULA
GOLFE DU
MEXIQUE

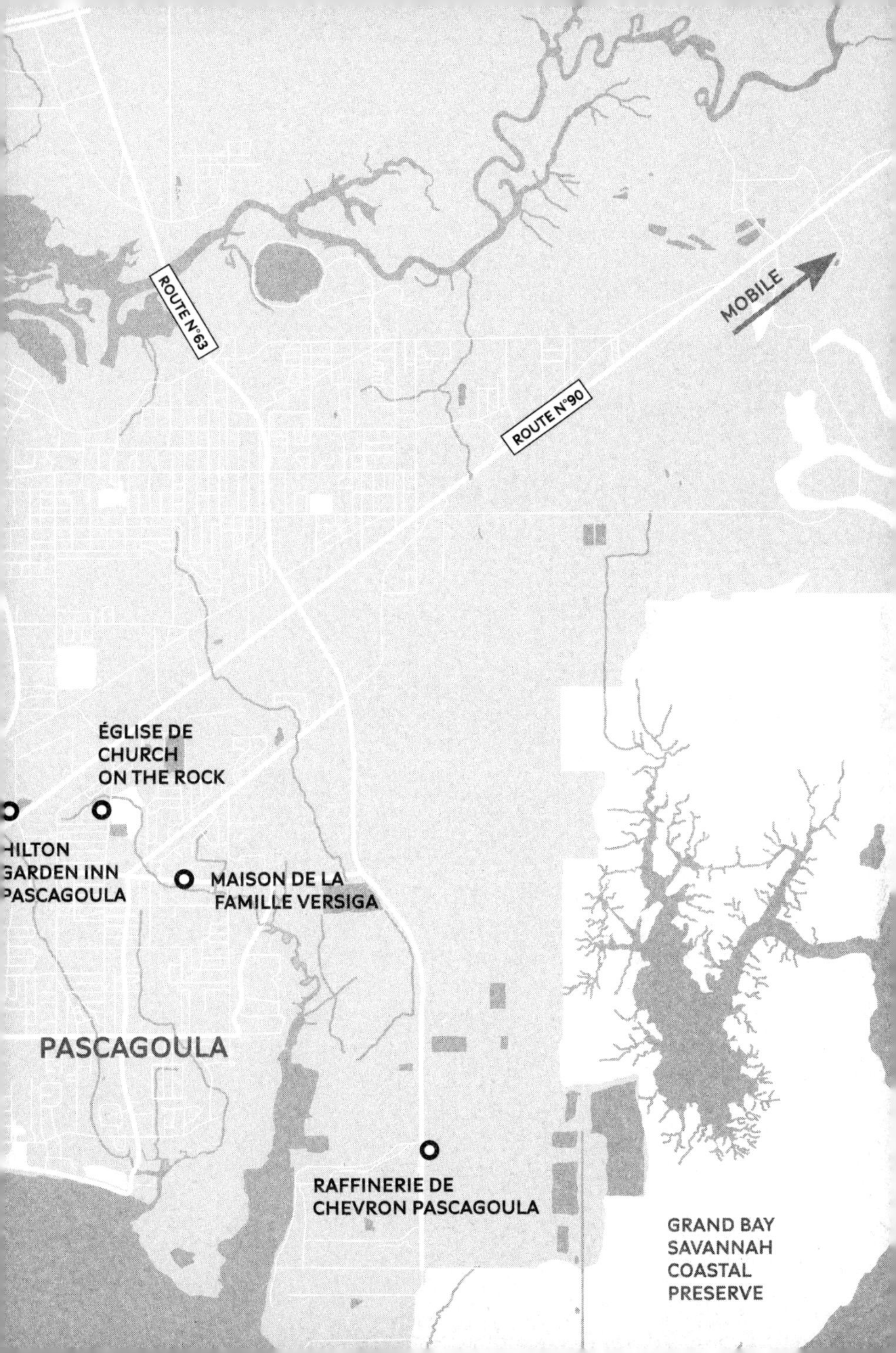
ROUTE N°63
ROUTE N°90
MOBILE
ÉGLISE DE CHURCH ON THE ROCK
HILTON GARDEN INN PASCAGOULA
MAISON DE LA FAMILLE VERSIGA
PASCAGOULA
RAFFINERIE DE CHEVRON PASCAGOULA
GRAND BAY SAVANNAH COASTAL PRESERVE

PROLOGUE

Il n'y avait pas de fleurs sur leur chemin. Pas d'ajoncs jaunes ni de jacinthes bleues, comme il en pousse pourtant partout dans la région, en toutes saisons. Sous l'ombre de vieux arbres étranglés de branches, de mauvaises herbes, hautes et drues, griffaient la toile de leurs pantalons.

Ce mardi 27 décembre 1977 après l'heure du déjeuner, trois hommes s'enfonçaient à pas lents dans un sous-bois recroquevillé sur lui-même, quelque part aux confins du Mississippi.

Ils étaient armés de fusils qu'ils portaient en travers de la poitrine avec un aplomb qui disait qu'ils avaient fait ça toute leur vie. Devant eux, une meute de beagles, des petits chiens au pelage ras, le muscle sec et les oreilles longues, furetaient tous azimuts. C'était la saison de la chasse. On traquait le lièvre, du gibier dont les terriers formaient un vaste réseau sous-terrain jusqu'à la lisière des routes voisines. Les battues n'étaient jamais vaines. Les chiens finissaient toujours par attraper une bête qui avait eu le malheur de s'aventurer trop longtemps au grand air. Ils l'encerclaient, puis leurs maîtres, sans pitié, s'appliquaient à l'abattre. L'animal était soigneusement dépecé et, à table, on le servait frit, bien sûr, parce que, dans ce coin du vieux Sud, le gras était une spécialité.

À mesure que les chasseurs continuaient d'avancer, l'air se chargeait d'une odeur poisseuse qui faisait penser à une forte sueur. C'était le signe que l'on se rapprochait du bayou serpentant en silence à la sortie des fourrés. La terre devenait molle. La mousse se décollait. On venait de fêter Noël, et il faisait chaud et humide comme en plein cœur d'une jungle. Soudain, au pied d'un poteau électrique isolé, les chiens se mirent à aboyer furieusement. Certains que ce signal était l'annonce d'une jolie prise, gonflés d'enthousiasme, les chasseurs accoururent à grandes enjambées. Ils n'eurent pas le temps de porter leurs armes à l'épaule. Au creux d'un talus de terre, ils découvrirent avec effroi des ossements épars, noircis par les poussières de la forêt.

Il y en avait tout un baluchon, et ce n'était certainement pas les restes d'un lièvre. Ce n'était pas non plus les restes d'un opossum ni d'un rat musqué, autres espèces qui peuplaient les parages. Leur taille. Leur forme. Ce crâne. Ce que les chasseurs venaient de découvrir n'était autre que l'ultime trace d'une vie humaine. Ici, quelqu'un était mort.

Après avoir ressaisi tant bien que mal leurs esprits, les trois gaillards abandonnèrent sur-le-champ leur partie de chasse. Il fallait donner l'alerte. Ils rejoignirent aussi vite qu'ils purent la petite maison de l'un d'entre eux dans un quartier noir de Moss Point, la première ville après la brousse, en espérant que, derrière eux, aucune bête ne viendrait s'en prendre au squelette. À l'aide d'un gros téléphone à cadran, ils appelèrent le commissariat local où un officier qui devait avoir les pieds sur son bureau leur indiqua en soufflant que le lieu de leur découverte ne dépendait pas de sa juridiction. Si leur histoire en valait vraiment la peine, ils devaient joindre l'échelon supérieur du mille-feuille hiérarchique de la police : le bureau du shérif du comté de Jackson, là où les uniformes sont beiges. Au comté de Jackson, on ordonna finalement aux chasseurs de retrouver deux patrouilleurs sur le seuil d'une épicerie de bord de route installée non loin du sous-bois dont ils ne voulaient plus s'approcher désormais. Quelques minutes plus tard, le talus au fond duquel gisaient toujours les os était officiellement sanctuarisé. Scène de crime. Dans une radio que le foisonnement luxuriant du sous-bois faisait grésiller, l'un des policiers s'occupa de mettre au parfum l'homme chargé des enquêtes criminelles lié au bureau du shérif.

À cet instant précis, l'inspecteur en chef Jackie Walker Jr. était occupé à toquer aux portes des mobil-homes d'un *trailer park* à l'autre bout du comté. Une ennuyeuse histoire de cambriolage le soir de Noël. Lorsqu'à la radio de sa voiture banalisée il saisit ce qui se tramait dans ce fichu sous-bois, l'inspecteur se mit aussitôt en route, porté par la ferveur des jeunes recrues. Les restes d'un corps, en voilà une vraie urgence, se dit-il. Jackie Walker Jr. connaissait bien le bayou. Adolescent, il avait passé de nombreuses vacances à crapahuter dans l'ombre de son oncle, un chasseur de lièvre émérite. Sur le beau terrain de dix hectares qu'il possédait, il lui avait appris à aiguiser son regard et à saisir au loin le mouvement des bêtes qui filaient en colonne à l'heure du coucher du soleil.

Arrivé au cœur du sous-bois dans un bruit de tôle à faire jaillir une volée de sauterelles brunes, Jackie Walker Jr. resta un instant au volant. Avant de sortir de sa voiture, il fit ce qu'il avait toujours fait depuis qu'il était un policier en civil. Il sortit son pistolet de service de la boîte à gants et le glissa dans un étui de cuir qu'il portait à la cheville, sous son pantalon de costume. L'inspecteur s'approcha doucement du fatras d'ossements. Penché, les mains sur les genoux, il les observa. Comme à l'époque où, avec son oncle, il observait le mouvement des lièvres, Jackie Walker Jr. plissa les yeux. En s'aidant d'un bâton, il retourna chaque racine, suivit un à un les sillons fendant le sol. C'est ainsi qu'il remarqua ce que les chasseurs n'avaient pas vu. Plantée dans la terre, la suite quasi complète des dents qui manquaient au crâne.

Le policier les ramassa une à une entre son pouce et son index comme on ramasse des petits cailloux à la plage. À y regarder de plus près, il y avait là des trésors : une dent était en or et une autre était sertie d'un genre de triangle décoratif fondu dans le même métal. Jackie Walker Jr. ordonna que l'on place cette nouvelle découverte, ainsi que le reste du squelette, dans des sacs que venaient d'apporter les services d'une maison funéraire appelée à la rescousse.

De retour au bureau du shérif du comté de Jackson, l'inspecteur en chef s'empressa de taper son rapport, en prenant soin d'y faire figurer chacune des maigres informations dont il disposait : la date, le lieu, les chasseurs et les dents en or. Une page de dix-neuf lignes dactylographiées qu'il conclut ainsi :

« L'enquête se poursuit afin d'identifier le corps et de déterminer les causes de la mort. »

Plus tôt au cours de l'année 1977, l'inspecteur Jackie Walker Jr. s'était rendu dans un hôtel de Mobile, la grande ville la plus proche, située de l'autre côté de la frontière d'État, dans l'Alabama. Aux côtés d'une centaine d'officiers venus des quatre coins d'Amérique, il avait assisté à une importante conférence consacrée au futur de la criminologie. Parmi les différents intervenants de renom qui avaient défilé à la tribune se trouvait le célèbre médecin légiste Clyde Snow. Cet élégant moustachu qui portait sur le nez une paire de lunettes à monture fine était le directeur du Civil Aeromedical Institute. Le site basé à Oklahoma City était un important complexe scientifique dépendant de l'administration fédérale où un bataillon de médecins tâchait de mener à bien des analyses scientifiques dans le cadre d'affaires criminelles hautement sensibles. Flanqué de son éternelle blouse blanche, le Dr Snow devait bientôt diriger avec ses équipes un examen, comme il n'y en avait jamais eu auparavant, du corps du Président assassiné John Fitzgerald Kennedy.

Devant les polices du pays réunies dans la grande salle de séminaire de l'hôtel de Mobile, l'anthropologue détailla la méthodologie qu'il avait théorisée afin de procéder à un travail peu courant pour l'époque : l'étude des squelettes pour faire parler les morts. Jackie Walker avait écouté la démonstration comme il écoutait d'ordinaire les sermons de son pasteur. Il avait été fasciné par les mathématiques du Dr Snow. Le 28 décembre 1977, soit le lendemain de la découverte du squelette dans le comté de Jackson, l'inspecteur en chef appela le Civil Aeromedical Institute. Il se disait que le Dr Snow pourrait trouver de l'intérêt à sa nouvelle enquête. Dans le combiné, Clyde Snow ne tourna pas autour du pot : que Jackie Walker Jr. ramène le plus vite possible tous les os et toutes les dents retrouvés dans le sous-bois. L'inspecteur se dépêcha de fourrer le puzzle dans une épaisse boîte cartonnée et, avec l'accord de son shérif, il fila à toute berzingue en direction de l'aéroport régional de Mobile. Au comptoir d'enregistrement, lorsqu'il indiqua avec le ton de celui qui était fier de faire son métier ce que contenait le colis qu'il tenait sous le bras, on le regarda avec une pointe de dégoût. Après quoi, on lui expliqua qu'il était absolument impossible de voyager avec la mort sous le bras sans les bons papiers. L'inspecteur devait présenter un certificat de décès dûment tamponné par les services de médecine légale du comté de Jackson. Le lendemain, il revint à l'aéroport de Mobile avec la paperasse officielle. Alors que Jackie Walker Jr. s'envolait enfin vers Oklahoma City, il n'avait pas les os sur les genoux. Comme une vulgaire valise de touriste, le précieux carton avait été fichu en soute.

À plusieurs milliers de kilomètres au nord du comté de Jackson, le professeur Clyde Snow et son assistante Fontaine Young examinèrent les ossements pendant près de cinq heures. Des données biométriques précises furent récoltées : l'écart entre les yeux, le degré d'angle des narines, la hauteur du crâne ou bien encore la longueur du mastoïde, un os situé juste derrière l'oreille. Quelques jours plus tard, Jackie Walker Jr., rentré dans le Mississippi, reçut un compte rendu d'autopsie détaillé signé de la main du Dr Snow. La mort datait de l'été précédent, courant août ou peut-être au tout début du mois de septembre. C'était une femme et elle était noire. Elle devait avoir entre 35 et 45 ans. Svelte, elle mesurait probablement 1,75 mètre. Une étude attentive des fines tresses retrouvées sur la cime de son crâne pouvait, par ailleurs, faire penser qu'elle avait porté des perruques. Les éléments en or qu'il avait retrouvés dans l'herbe concernaient les dents du devant. Cette femme avait très probablement souffert de sa mâchoire gauche. Elle devait avoir eu beaucoup de mal à mâcher. L'une de ses incisives était en « grain de riz », selon le jargon de la médecine dentaire : elle avait une forme très aiguisée, trop même, comme une canine de Dracula. Considérant la teinte générale des dents, entre la rouille et le cramoisi, l'inconnue devait aussi avoir très certainement fumé du tabac à longueur de journée au cours de ses dernières années.

Au fil de son rapport, Clyde Snow énumérait d'autres détails encore, qui, chacun, ajoutait au mystère nimbant le squelette. Il expliquait que la victime boitait. La raison : une grosse blessure repérée à la jambe gauche qui remontait certainement à l'adolescence. L'os du nez, lui, avait subi plusieurs fractures au même endroit. Selon Clyde Snow, ce ne pouvait pas être la coïncidence de plusieurs accidents. Cette femme avait été frappée encore et encore à cet endroit. Peut-être le jour de sa mort. Dans tous les cas, ce qui suivait avait de quoi alimenter cette hypothèse. C'était le clou du rapport : le Dr Snow avait identifié une importante dislocation des os du cou, résultat d'un étranglement. Pas de doute, on l'avait tuée. Sur les quelques photos en très gros plan accompagnant son résumé, Clyde Snow avait entouré au feutre une longue série de fissures sous la gorge.

C'est un meurtre, se répéta Jackie Walker Jr. en se grattant le front. Il y avait pensé dès qu'il s'était approché du talus. On ne mourait pas comme ça, au milieu de nulle part. L'inspecteur prit le temps de relire plusieurs fois le rapport. Bout à bout, les différents éléments étayés par Clyde Snow dessinaient une trajectoire de vie. Elle semblait avoir été pénible. Elle avait été trop courte. Désormais, il lui fallait un visage.

Le Dr Snow travaillait avec une illustratrice médicale, Betty Gatliff. Comme lui, elle portait des lunettes et une blouse blanche. Comme lui aussi, elle jouissait dans son domaine d'un important prestige. Betty Gatliff était une pionnière de ce que l'on appelle aujourd'hui « la reconstitution faciale ». Elle avait grandement contribué à élaborer les principes permettant de ressusciter un visage à partir d'un crâne, ou bien seulement de quelques morceaux. Dans son laboratoire, Betty Gatliff faisait de la sculpture d'un nouveau genre. D'abord, elle tâchait de mesurer tous les os du crâne afin de se faire une idée précise de la largeur et de l'ouverture de la bouche, de la forme des yeux, des oreilles, et du nez. Ensuite, elle établissait une cartographie des contours du visage en soulignant au feutre ses formes les plus saillantes. Après avoir relié ces dernières entre elles au moyen d'une pâte argileuse, elle confectionnait un moule en plâtre. Dans les années 1980, elle était parvenue à reconstruire le visage du pharaon Toutankhamon à partir de son crâne embaumé. Elle ne se fit pas prier pour tenter de redonner des couleurs au crâne. Peu à peu, elle fit apparaître un visage de femme. Une femme coiffée d'une large perruque de cheveux bruns crépus. Ses yeux brillants s'étiraient comme deux longs quartiers d'agrume. La forme de son nez était légèrement épatée et ses sourcils avaient la finesse d'un rapide coup de fusain. Ses pommettes étaient saillantes, sa lèvre supérieure, retroussée. C'était un sourire. Dans l'embrasure de celui-ci, on apercevait l'éclat de la dent en or. On aurait dit un portrait vivant. En attendant de découvrir qui elle était, on lui donna un nom. Comme l'Amérique avait coutume de baptiser les inconnues depuis l'époque où les lois s'écrivaient à la plume d'oie, elle devint « Jane Doe ». Une de plus. Il n'y avait plus qu'à espérer qu'elle ne s'appelle pas ainsi trop longtemps.

Lorsque Jackie Walker Jr. reçut par courrier exprès une série de photos en noir et blanc de Jane Doe, ce fut un véritable branle-bas de combat au bureau du shérif. Avec un portrait aussi détaillé, l'inspecteur en chef pouvait lancer son enquête pour de bon. Il fit parvenir à chacun des commissariats des environs, et même au-delà, jusqu'en Louisiane, en Alabama et en Floride, une image de la fameuse reconstruction faciale ainsi que tous les autres éléments du dossier. Dans le même temps, il s'embarqua avec d'autres hommes de son service dans une tournée de porte-à-porte le long des boulevards et des ruelles des quartiers noirs de la ville de Moss Point. Aux abords du centre de conférence Pelican Landing, sur Dutch Bayou Road, à moins d'un kilomètre de là où Jane Doe avait été retrouvée, il distribua des pelletées de copies de ce portrait-robot. Au comptoir des épiceries et des bars où les lumières clignotaient toute la nuit, dans l'ombre graisseuse des garages, sur les perrons en bois, sous les lampadaires où traînassaient des gens ivres morts, il demanda qu'on le rappelle d'urgence si on connaissait quelqu'un capable d'identifier la jeune femme. Jackie Walker Jr. recourut aussi aux bons offices du *Mississippi Press,* le grand quotidien de la région, qui était lu jusque dans les parties les plus reculées du bayou. Dans les pages locales, le policier obtint que soit diffusé plein pot, un format généralement dévolu aux photos des comices agricoles, le visage de Jane Doe. Un long papier sur les avancées de l'enquête suivait, ainsi qu'une mention spéciale de la rédaction enjoignant les lecteurs à contacter le bureau du shérif s'ils disposaient d'un quelconque renseignement. Jackie Walker Jr.

était sacrément optimiste. Tous les vents soufflaient dans son sens. Considérant le travail de terrain qu'il venait d'abattre, le policier était convaincu qu'il n'aurait aucun mal à identifier Jane Doe.

Pourtant au mois de mars 1978, dans une lettre portant l'entête du bureau du shérif adressée au Dr Clyde Snow, Jackie Walker Jr. se résolut à écrire ces mots :

« Jusqu'à présent, nous n'avons pas été en mesure de faire émerger de nouveaux éléments permettant d'identifier le squelette. »

Après plusieurs semaines de recherches harassantes, il n'avait pas la moindre piste. Pas la queue d'un indice. Même le colosse Albert Dudley McEwen, un videur de tripots dont on disait qu'aucun secret du comté ne lui échappait, n'avait rien à raconter. L'inspecteur en chef ne pouvait pas le croire. Quelque part, des gens devaient forcément savoir qui était Jane Doe. Ceux qui l'aimaient devaient forcément se demander où elle était. Personne ne peut être entièrement anonyme. Ces gens devaient exister, se répétait-il en boucle. Mais il n'avait rien. Si les vents soufflaient dans son dos, il se trouvait malheureusement dans un désert. Après quelques semaines d'enquête qui lui avaient semblé défiler comme autant d'années, il se résolut à passer à autre chose. C'était la fatalité de son métier : les affaires s'empilaient, une nouvelle urgence chassait la précédente. Tant pis.

Jackie Walker Jr. était un homme très organisé. Il conservait une copie de chaque dossier d'investigation qu'il avait eu à mener pour le compte du shérif du comté de Jackson. Ces archives étaient la manifestation de son éthique et de son dévouement à l'uniforme. Elles étaient aussi le meilleur moyen de ne pas être pris au dépourvu dans le cas où il recevrait un jour un appel concernant l'une de ses vieilles affaires. Sait-on jamais. Alors Jackie Walker Jr. rangea soigneusement tout ce qu'il savait de celle que l'on continuait d'appeler Jane Doe. Tandis qu'au Civil Aeromedical Institute d'Oklahoma City, on finit par abandonner dans le fouillis d'une remise les ossements retrouvés par les chasseurs le 27 décembre 1977.

1

Dans les compétitions de tir organisées pour les policiers désireux de faire chauffer leur pistolet, les cibles sont des personnes. Enfin, des silhouettes en carton qu'il faut imaginer comme des méchants en visant le cœur. Ceux qui concourent en qualité de « grand expert », catégorie la plus haute de la discipline, doivent effectuer cinq passages au feu. Le premier consiste à se placer à exactement 6,50 mètres de la cible et à tirer douze balles en vingt secondes. Le dernier passage, qui est évidemment le plus ardu, est un véritable numéro d'équilibriste. À 45 mètres de distance, le tireur a droit à six coups en position assise, puis allongée, six coups encore de la main gauche puis six de la main droite. Pour un chronomètre limité à 1 min 45 s.

Au poste de police de la ville de Pascagoula, dans le Mississippi, le capitaine de l'équipe de tir, et grand expert certifié, c'est Darren Versiga. L'homme est grand comme un mât, ventru et il marche en se penchant en avant. Coiffés en brosse, ses cheveux grisonnants ressemblent aux poils d'une meule de polissage. Son nez a connu la bagarre. Il porte aussi une moustache. Mais sous cette rudesse pataude affleure aussi une forme de délicatesse. Quelque part, ses joues rondes et roses font lui donnent un air poupon. Son regard scintille de malice et de sagacité fait drôlement pétiller. On jurerait que Darren Versiga est une autre personne coincée dans un corps d'ogre.

Lors des compétitions de tir, il porte à la taille une ceinture de chargeurs rapides lui permettant, en un clic, de ne jamais être à court de munitions. Sa technique est de ne jamais retenir son souffle avant de tirer, sinon cela ferait gonfler son cœur. Son corps se mettrait à vibrer tout entier sous l'effet du sang qui afflue, et son bras finirait par tressauter. Il raterait tout. Alors, Darren Versiga respire. Sans trembler, sans tressaillir, il fait fumer son pistolet lorsque la cloche sonne et que la silhouette se retourne brutalement. Darren Versiga n'a certainement pas l'allure racée des fines gâchettes du cinéma, mais c'est un as qui ne rigole pas. Plus fort que Clint Eastwood, il a remporté une ribambelle de titres régionaux dont les prestigieux championnats des polices du Colorado et du Nouveau-Mexique. Parfois même plusieurs années d'affilée. Il fut un temps dixième du classement national, après avoir établi l'un des meilleurs scores de la compétition annuelle de Jackson, Mississippi, organisée par la National Rifle Association, le grand lobby des armes à feu. Darren Versiga avait tiré la quasi-totalité de ses 150 balles dans le cœur de sa cible. Sur un score maximum de 1 500, il avait obtenu 1 480. Ces faits d'armes, cette maestria confinant souvent à la grâce que l'épais policier déploie au champ de tir lui ont valu un surnom sans équivoque au poste de police : la Machine.

C'est l'année 2010 et, au premier étage du Pascagoula Police Department, le royaume de la brigade criminelle, Darren Versiga occupe une pièce carrée située juste après la salle de la chaufferie. Il est le premier inspecteur à qui l'on a affaire en arrivant. Sur son bureau, d'interminables piles de dossiers côtoient des pots de crème que Darren Versiga vide dans ses tasses de café. Au plafond, un long morceau de papier pendouille. S'il s'agite, cela signifie que la clim' fonctionne. Sur le mur de gauche se tient ce que tout le commissariat appelle le «*Me Wall*». C'est un pan de mur crépi entièrement recouvert des trophées que Darren Versiga a raflés jusque-là au cours de sa carrière de tireur : des médailles, des plaques, des certificats et, comme une mise en abîme de lui-même, des photos en haut du podium où il a les bras chargés des mêmes trophées. Mais ce n'est pas tout. Accroché ou punaisé au *Me Wall* se trouve aussi son palmarès en uniforme. Il y a par exemple son diplôme de major de promotion de l'académie de police et son récent certificat de « meilleur officier de l'année ». Des lettres aussi, qui valent toutes les médailles du monde. Celle d'un commandant le félicitant d'avoir résolu une affaire de double homicide. Ou bien une autre, envoyée par la victime d'un cambriolage, le remerciant chaleureusement d'avoir considéré son malheur comme s'il était question du casse du siècle. Le courrier dit :

« Darren Versiga n'a pas lésiné au cours de son enquête. Il est venu plusieurs fois nous rendre visite afin de nous tenir au courant de ses avancées alors que rien ne l'y obligeait. Il fait froid ces temps-ci et je l'ai vu de mes yeux enquêter sur le terrain, examinant chaque mètre carré de notre quartier à la recherche d'empreintes. »

Pour Darren Versiga, ce mur est la meilleure des cartes de visite possible. Aux yeux de ceux qui franchissent le seuil de son bureau, cette effusion d'honneurs souligne ses forces : la rigueur et le flair, une détermination imperméable aux aléas du temps qui passe. Elle signifie à la victime qu'elle est ici entre de bonnes mains. Elle indique au criminel qui n'est encore qu'un suspect que Darren Versiga finira par avoir sa peau. Et s'il faut lui tirer dessus, l'inspecteur ne le ratera pas.

On se demanderait si Darren Versiga n'a pas un badge en fer forgé dans la poitrine à la place du cœur. L'homme est un flic jusqu'au bout des ongles. Les bottes ancrées dans la terre, peu enclin à la mélancolie, il considère son métier comme un sacerdoce dans un monde profondément divisé, dit-il, entre le bien et le mal. Du manichéisme qui témoigne aussi, il faut le dire, d'un bon fond. Pour chaque victime qu'il rencontre, le policier a de délicates attentions : des accolades dans ses bras d'ours, une part de gâteau et même parfois quelques dollars glissés dans la poche quand tout vient d'être perdu. À sa manière, Darren Versiga est à lui tout seul ce que l'Amérique des plaines est tout entière : un peu bas du front et généreux.

Dans la vie, il n'aime rien autant que d'attraper les méchants. Qu'il s'agisse d'un tueur de vieilles dames ou d'un voleur de ferraille, une arrestation est pour lui la source d'une intense jubilation. Elle est une victoire de plus pour la justice, aime-t-il penser très sincèrement. Au contraire de la plupart de ses camarades de la brigade criminelle qui rechignent toujours à s'occuper des suites juridiques de leurs enquêtes, qu'ils considèrent ennuyeuses, l'inspecteur Versiga s'y attelle avec entrain. La rédaction des rapports, dans lesquels il se plaît à rendre compte de la couleur du ciel et des maisons, les rendez-vous avec le procureur et les convocations à la barre du tribunal sont toujours de bons moments. Cette attitude n'est pas due à un simple attachement à la loi. La motivation qui nourrit sa passion du métier est plus intime, c'est la nécessité presque forcenée d'être le meilleur. Comme au tir, il faut qu'il soit le policier numéro un. Chaque enquête est une compétition contre les autres, contre le temps et, parfois même, contre le destin. Il épuise avec le même acharnement toutes les pistes, de la plus simple à la plus alambiquée. Il faut qu'il collecte le moindre indice, qu'il retourne chaque pierre. Jusqu'à ce qu'il découvre, en premier, la vérité.

« Fou comme il est, Versiga serait bien capable de déterrer un jour le cadavre de Jimmy Hoffa », plaisante-t-on au premier étage du poste de police, en référence au célèbre syndicaliste dont on n'a jamais retrouvé le corps.

En tant qu'inspecteur du Pascagoula Police Deparment, Darren Versiga ne traque les méchants que dans la limite des 60 kilomètres carrés de la ville. Un point minuscule sur une carte, un pays en lui-même, où l'imagination de quiconque y met les pied fonctionne à plein régime. Située sur la côte de l'État du Mississippi, à mi-chemin entre Gulfport et Mobile, ville jumelle de Moss Point dans le comté de Jackson, Pascagoula est recouverte de ponts. Parfaitement parallèles, ils relient les différents quartiers de la ville séparés par l'embouchure du fleuve monstrueux. Les eaux de la Pascagoula River. Ses eaux ont la couleur de la terre qui se défait. Dans un remous continu, ses flots charrient un marc de glaise, de ronces et de sable rejetés en amont par un entrelacs de bayous luxuriant. Sur ses flancs, de vieux et lourds chalutiers habitués à la pêche au sébaste sont amarrés dans un silence de sieste.

Depuis le fleuve, la mer ou les terres, Pascagoula est une ville que l'on repère de loin. Elle est encadrée à l'est et à l'ouest par deux structures d'acier, puissantes et laborieuses. À l'est, à quelques encablures seulement de la frontière avec l'État de l'Alabama, les cheminées et les silos à balustrades de la raffinerie Chevron apparaissent au milieu d'une lande marécageuse. Il s'en dégage des bouffées vaporeuses qui ont la taille de nuages avant l'orage. Parfois, quand le vent du large souffle jusque-là, la fumée se déporte vers le centre de la ville en décaissant une forte odeur d'ammoniac. Les habitants en ont les yeux qui piquent. Certains, même, ne peuvent pas s'empêcher de pleurer. À l'ouest, les chantiers Ingalls déploient le long d'un large ponton une forêt de grues jaunes. Dressées dans toutes les directions, sans jamais se soucier des mouettes qui volent autour d'elles dans un ballet infini, elles cajolent du bout de leurs câbles les ossatures en acier trempé d'imposants navires de guerre. Frégates, destroyers et porte-hélicoptères crachant des missiles d'une tonne à des dizaines de kilomètres : chez Ingalls, on bâtit les futures fiertés de la US Navy.

Des milliers d'ouvriers, de soldats, de pêcheurs vont et viennent à Pascagoula au gré de leurs réussites et de leurs misères. À Pascagoula, le ciel est comme une main pesante, les hivers sont des étés, et l'essence n'est jamais trop chère. À Pascagoula, les gens passent le temps en tondant leur pelouse sur des machines qui ressemblent à des chars, on mange des crevettes au beurre et on se saoule en buvant de la bière en canette qui à un goût de citron pour les premières et un goût de cendre pour la dernière.

Dans cette drôle de ville, les affaires que doit résoudre l'inspecteur Versiga font surtout les entrefilets dans les pages du journal local. Des vols ou des braquages pour une hélice de bateau, une vache ou quelques lingots de la grand-mère qui ne valent plus rien à la pesée. Des trafics en grammes plus qu'en kilos, balancés à la police par le premier curieux au coin de la rue. Les rares meurtres tiennent du polar à deux sous. À la sortie d'un cabaret, deux voleurs profitent de l'ivresse d'un marin revenu du large pour le dépouiller de sa dernière paye avant de le tuer même s'ils ne voulaient pas en arriver là. Un trafiquant veut la faire à l'envers à un autre, rate son coup et finit sous un tas de pneus. Chaque fait divers est tristement comique, d'un folklore qui arrache aux bonnes femmes lambinant du soir au matin sur leur perron un soupir dépité entre deux bouffées de leur vieux mégot.

Un soir d'août 2010 arrive à Pascagoula un malheur ordinaire. Sur Martin Street, en direction du sud, une voiture a embouti un poteau électrique. Sauf que, cette fois, ce n'est pas un accident, c'est un meurtre. Dépêché rapidement sur les lieux, l'inspecteur Darren Versiga découvre sur le siège conducteur du véhicule le corps inanimé d'un homme. Celuici porte à l'oreille droite la trace d'une morsure. Pire, il a une large plaie dans le cou. On lui a tiré dessus pendant qu'il conduisait, semble-t-il. Darren Versiga connaît la victime, il s'agit du vieux Johnny McArthur Bullock, propriétaire m'as-tu-vu d'un chenil où il élevait depuis des années des dobermans nains.

Le lendemain, aux premières lueurs du jour, l'inspecteur Versiga est sur le terrain. Il commence par faire le tour du quartier. Sur les vidéos de surveillance du lotissement, il voit deux garçons noirs traverser l'image en courant comme des dératés quelques minutes après que la voiture de Bullock est sortie de la route. Leurs ombres se dirigent vers les Scovel Apartments, un peu plus loin dans le même quartier. Là-bas, le concierge indique à l'inspecteur Versiga qu'il ferait bien de sonner chez un certain Rodney Philipp McKenzie qui est serveur chez Buffalo Wild Wings. Darren Versiga s'y rend accompagné de membres de la brigade criminelle. La porte de l'appartement est ouverte. Darren Versiga entre, suivi des flics, qui ont tous la main sur leur arme. Ils trouvent du linge sale, éparpillé au sol. Dans le tas, les vêtements des deux sprinters de la vidéo. L'inspecteur trouve aussi sur une étagère un flacon en plastique maculé de sang et étiqueté au nom de la victime. Il contient une grosse poignée de cachets qui au vu de leur forme et de leur couleur doivent très certainement être des antidouleurs. Enfin, on découvre un pistolet de calibre .380 qui sent fort la poudre. Darren Versiga et ses collègues sont sur la bonne piste. Le fameux Rodney Philipp McKenzie est arrêté quelques minutes plus tard dans un logement du même couloir. Suspendu au téléphone, il était en train de vendre ses cachets à deux dollars l'unité. L'homme avoue sans résistance le meurtre de Johnny McArthur Bullock. Il livre aussi son complice : un zonard de laverie du nom de Daniel Lamont Hatten. Arrêté chez lui dès le lendemain, ce dernier porte aux pieds une paire de chaussures dont les semelles correspondent exactement aux traces qui ont été relevées sur Martin Street. Le sang séché découvert sur l'une des languettes est analysé et rapidement identifié comme celui du propriétaire du chenil.

Ce soir d'été, Johnny McArthur Bullock avait donné rendez-vous aux deux garçons sur le parking du Fast Trac, l'épicerie bon marché de Martin Street. Daniel Lamont Hatten et Rodney Philipp McKenzie devaient lui acheter des antidouleurs sous le manteau. Au lieu de ça, ils avaient tout bonnement tenté de le voler. Pendant que Bullock conduisait, Daniel Lamont Hatten lui avait mordu l'oreille par-derrière. Bonhomme épais, le propriétaire du chenil ne s'était pas laissé faire. Il avait donné des coups comme il pouvait. Rodney Philipp McKenzie avait alors choisi d'abattre Bullock à bout portant. Avec un mort au volant, la voiture s'était fracassée contre un poteau.

Un meurtre, deux coupables : Darren Versiga a résolu l'affaire en moins de 24 heures. Ainsi vont les affaires au Pascagoula Police Department en 2010.

2

Peu de temps après le meurtre du pauvre Johnny McArthur Bullock, alors que se profile l'automne de l'année 2010, le poste de police de Pascagoula reçoit un appel inhabituel. Le *Biloxi Sun Herald*, le journal local d'une ville voisine, propose son aide à la police. Des reporters demandent s'il n'existe pas, par hasard, dans les tréfonds des archives de la police, la trace de vieilles affaires jamais élucidées dont ils pourraient se faire l'écho dans leurs articles. En appelant aux témoignages des lecteurs, de nouvelles pistes pourraient émerger, disent-ils. L'initiative plaît au chef du commissariat, le flegmatique Kenny Johnson. La gestion des affaires courantes représente une telle somme de travail que personne, dans aucune brigade, n'a le temps de se plonger dans ces histoires poussiéreuses. Surtout, elles n'ont jamais intéressé grand monde. Les vieilles affaires ont moins de valeur pour leur carrière que le crime tout chaud. Un seul homme se porte volontaire afin de compter le nombre exact de cold cases que la police de Pascagoula se traîne encore aujourd'hui. Darren Versiga.

Aux yeux de l'inspecteur, toutes les affaires sont bonnes à résoudre, quelle que soit leur place dans le calendrier. Elles n'ont pas de date de prescription. Et puis, ce n'est pas la première fois que Darren Versiga rouvre un cold case. Du temps où il travaillait pour le bureau du procureur du comté de Jackson en tant qu'enquêteur, il était revenu sur l'histoire de Miss Harless, une femme qui, derrière le comptoir d'une petite droguerie familiale, faisait office de prêteuse sur gages pour les pauvres gens de la ville. Miss Harless avait été assassinée et, à l'époque, la police avait arrêté un homme qui criait très fort qu'il n'avait rien à voir avec le crime. De longues années plus tard, le procureur du comté de Jackson avait chargé Darren Versiga de relancer l'enquête. Après un travail minutieux, le policier était parvenu à faire innocenter celui que l'on avait jugé coupable. Il avait aimé se plonger dans cette affaire. À l'écart du tohu-bohu des catastrophes du moment, il s'était immergé avec intérêt dans un monde oublié : il avait identifié ses protagonistes et avait placé des croix sur une carte de la ville. Depuis cette affaire, il considérait les cold cases comme un puzzle dont il fallait éparpiller les pièces – autant d'enjeux, de rumeurs et d'impasses –, avant de les rassembler.

Lorsque Darren Versiga s'était porté volontaire pour recenser les cold cases de Pascagoula, son chef, Kenny Johnson, lui avait dit :

« Va jusqu'où cela te mènera. »

Les archives se trouvent au deuxième étage du poste de police, juste après la salle de repos des officiers d'où parvient toujours le ronronnement d'une machine à café. On y trouve une lumière blanche faiblarde et de la moquette épaisse. Contre les murs, de hautes armoires métalliques en enfilade débordent de boîtes. Chacune d'entre elles conserve un épais jeu de dossiers soigneusement numérotés. Parmi toute cette paperasse, Darren Versiga comptabilise vingt-six affaires non élucidées. Son attention se porte presque mécaniquement sur une chemise bleue en carton couverte de graisse sur laquelle ses doigts patinent. L'affaire Melinda LaPree.

Le 16 septembre 1982, le petit ami de Melinda LaPree, une prostituée qui avait ses habitudes aux abords miteux du motel King William, avait signalé sa disparition.

Le 24 septembre de la même année, le corps de Melinda LaPree avait été retrouvé dans un fossé, à l'entrée du cimetière de la ville de Gautier. On n'avait jamais arrêté de coupable. Darren Versiga se souvient bien de cette histoire et de cette époque. Il venait alors d'obtenir son diplôme de fin de lycée.

À l'intérieur de la chemise bleue, l'inspecteur découvre des rapports, des dépositions, et des ordres de jugement. Les documents sont parcheminés. Ils volent, s'effritent dans le désordre. On dirait que le mystère de cette affaire veut se dérober à la lumière du présent. Darren Versiga trouve aussi une photo du corps de Melinda LaPree. Ou plus précisément de ce qu'il en restait le jour où on l'a retrouvée : un crâne sur un cadavre en décomposition. Les cervicales sont désarticulées et le cartilage du larynx est fracturé. Melinda LaPree avait été étranglée. Darren Versiga ne tressaille pas. Il en a déjà vu des bouillies de ce genre. Des tas. Le dossier mentionne qu'en 1982 le corps de la jeune femme a été examiné par le Civil Aeromedical Institute d'Oklahoma City. Habitué au bon vieux boulot des médecins légistes du comté de Jackson, qui travaillent les manches retroussées, l'inspecteur n'a jamais entendu parler de cet institut. Par réflexe, il appelle Oklahoma City. Peut-être auront-ils là-bas des rapports qui permettraient de relancer l'enquête. Au standard, on lui répond malheureusement qu'il dispose déjà de tous les dossiers. Le policier s'apprête à raccrocher lorsque, à l'autre bout du fil, on lui souffle quelques mots qui le font tressaillir : « Vous savez, après vérification, il semble que nous gardons ici un corps non identifié provenant du comté de Jackson. »

Ce sont des ossements que ni les autorités locales ni aucune famille n'ont jamais réclamés. Les registres disent qu'ils ont été envoyés au laboratoire d'Oklahoma City au mois de décembre 1977, sans préciser la date exacte. Il s'agit d'une femme, appelée Jane Doe puisqu'elle n'était personne.

Pour ce qu'elle a d'inattendu, d'archéologique, mais aussi de vertigineux, cette histoire pique immédiatement la curiosité de Darren Versiga. Remisant le sort de Melinda LaPree à plus tard, l'inspecteur se met donc en tête de résoudre le meurtre de celle que tout le monde a oubliée au cours des quarante dernières années. L'inspecteur court chercher la trace du moindre rapport du côté du bureau du shérif du comté. Il ne trouve rien. C'est bien normal, il y a des années, le service entreposait ses archives dans un ancien hangar pour avion installé sur Watts Street, à Pascagoula. En 2004, le bâtiment a été frappé de plein fouet par le célèbre ouragan Katrina. Ses trésors furent détruits par les vents et engloutis par les eaux. Disparus. Darren Versiga ne s'arrête pourtant pas là. Il se rend à la bibliothèque municipale. Parmi les milliers de vieilles éditions de journaux consignées ici avec une discipline de moines, l'inspecteur se dit qu'il trouvera forcément quelques articles datant de 1977 et mentionnant Jane Doe. Sous un portrait de Rene Krebs, l'un des principaux bâtisseurs de la ville au temps des grandes familles de colons européens, quelques retraités lisent avec gourmandise dans la salle d'histoire locale de la bibliothèque. Tirant de sa torpeur l'employée avachie derrière son guichet, Darren Versiga demande à consulter tous les articles concernant des faits divers du *Mississippi Press*, du *Biloxi Sun Herald* et aussi du *Pascagoula Chronicle Star*, entre le 1er et le 30 décembre de l'année 1977. Après avoir longuement interrogé son ordinateur de contrôle, la bibliothécaire s'éclipse un instant dans l'enchevêtrement de ses rayonnages, d'où elle ressort avec de grosses bobines. Pour éviter que les coupures de presse ne finissent en chapelure au fil du temps, elles ont été condensées dans une collection de microfilms. Avec le doigté d'un projectionniste de cinéma, Darren Versiga cale les bobines sur la rotative d'un moniteur qui, quand il s'allume, fait le bruit d'un ivrogne que l'on vient de réveiller. Le nez collé à l'écran, son index martelant le bouton de la souris et l'autre main posée à plat sur sa cuisse, l'inspecteur fait défiler une à une les pages des journaux. Il explore chaque édition de haut en bas, slalome entre les articles, les publicités pour un soutien-gorge ou un avocat réputé, et le *comic strip* avec Charlie Brown. C'est un travail long, fastidieux et, afin de ne pas se perdre dans le labyrinthe interminable d'informations, Darren Versiga les lit à voix haute. Les pages défilent, les derniers jours de l'année 1977 aussi, et toujours rien.

Il passe au *Mississippi Press* daté du 28 décembre. Les titres en une traitent de l'explosion d'un silo à grains à Galveston, au Texas, ainsi que de discussions diplomatiques inédites entre l'Égypte et Israël. Casé dans une marge, une brève mentionne un squelette retrouvé par des chasseurs. Un entrefilet de quelques lignes à peine suffit à faire passer au vert tous les voyants dans l'esprit de l'inspecteur Versiga :

« Le bureau du shérif du comté de Jackson essaye d'identifier des ossements humains trouvés mardi après-midi. L'inspecteur Jackie Walker Jr. a indiqué qu'un squelette avait été trouvé par trois chasseurs à cinquante mètres à l'ouest de l'Interstate 10 et de l'échangeur 63. Walker a déclaré que les cheveux trouvés sur le squelette indiqueraient que la victime était une femme. Le bureau du shérif examine si des personnes ont été portées disparues. »

C'est elle, se dit le policier. Cela ne peut être qu'elle. Darren Versiga a la topographie de sa région bien en tête, et l'endroit de la macabre découverte devrait se trouver à quelques minutes en voiture seulement du Pascagoula Police Department en direction du nord. Autant dire juste là, sous son nez. Bouillonnant d'envie et d'impatience, réclamant d'autres microfilms à se mettre sous la dent, il reconstitue alors patiemment, d'un article à l'autre, l'histoire mort-née de la Jane Doe du sous-bois de Moss Point.

Le professionnalisme vaillant de l'inspecteur Jackie Walker Jr. La blouse blanche du Dr Clyde Snow à Oklahoma City. La mort qui avait dû arriver pendant l'été. Les os en morceaux parce que c'était un meurtre. Les tresses et donc la perruque. Le sourire en or. La vie qui avait semblé jaillir de la reconstitution en plâtre. La certitude enthousiaste que la vérité allait arriver. Jusqu'à ce qu'il n'y ait plus rien, à part l'échec et l'oubli. Lorsque l'enquête s'est arrêtée, les journaux n'ont plus eu matière à écrire. Darren Versiga n'a plus rien à lire.

Darren Versiga contacte immédiatement Jackie Walker Jr. Il se trouve que les deux hommes se connaissent. Après avoir pris sa retraite, ce bon vieux Walker Jr. a mis ses compétences d'enquêteur au service de Mississippi Power, la grande compagnie irriguant l'État en électricité. Chargé d'étudier discrètement le profil des futures recrues, il s'est ainsi retrouvé plusieurs fois dans le bureau de Darren Versiga pour lui demander un renseignement. Lorsqu'il entend l'inspecteur Versiga mentionner Jane Doe, Jackie Walker Jr. s'illumine. Toute sa vie, depuis qu'il a foulé le sol du sous-bois de Moss Point, il a attendu qu'on lui reparle de cette *lady* qui n'a jamais cessé de le hanter. Quarante ans plus tard, dans l'obscurité d'un tiroir de sa commode, sa copie du dossier de l'enquête est toujours là, prête à être dégainée. Jackie Walker Jr. retrouve Darren Versiga dès le lendemain au poste de police de Pascagoula. Devant un café plein d'eau, le retraité chaussé de mocassins à glands éparpille sa documentation en racontant tout ce qu'il sait. Il explique à l'inspecteur que le bayou a changé et qu'il lui faudrait des cartes de l'époque. Il raconte que l'endroit où les os de Jane Doe ont été retrouvés est aujourd'hui bordé par la highway 613 filant à l'ouest vers La Nouvelle-Orléans alors qu'à l'époque il n'y avait là qu'une grosse route de campagne. Il ajoute que, à son plus grand regret, la science n'a rien pu faire pour lui en 1977. Contrairement à aujourd'hui, les techniques d'analyse ADN étaient encore bien trop balbutiantes pour que Jane Doe ait la moindre chance d'en profiter. Mais en 2010 la modernité devrait pouvoir l'aider, lâche encore Jackie Walker Jr. dans un soupir qui traduit le regret d'avoir enfilé l'uniforme quelques décennies trop tôt.

L'ADN : une bénédiction, le Graal. Dès qu'il a mis la main sur le dossier de Jane Doe et qu'il en a saisi les turpitudes, Darren Versiga n'a pensé qu'à ces trois lettres. L'inspecteur s'est empressé de déposer une demande d'analyse sur la plateforme en ligne du fameux NamUs, pour National Missing and Unidentified Persons System. Dépendant directement du ministère américain de la Justice, ce programme fédéral met à disposition des outils scientifiques qui permettent d'extraire un profil génétique inconnu, couplés à une base comprenant une multitude de références permettant, potentiellement, de déterminer à qui il appartient. La base de données du NamUs contient à ce jour les dossiers de plus de 50 000 personnes portées disparues et de plus de 18 000 personnes dont les corps n'ont toujours pas été identifiés. Des cold cases en pagaille.

Par le passé, le laboratoire du NamUs a notamment permis d'identifier plusieurs victimes du terrible John Wayne Gacy, un serial killer de Chicago qui aimait se déguiser en clown la nuit venue. Après son arrestation à la fin des années 1970, vingt-six cadavres ont été retrouvés, pêle-mêle, dans les sous-sols de sa maison, enterrés dans son jardin ou jetés au fond d'une rivière voisine. Huit d'entre eux n'ont pas pu être identifiés tant ils étaient dans un sale état. Avant de les abandonner à la tristesse d'une fosse commune, on prit la peine de prélever des morceaux de leurs joues et quelques-unes de leurs dents, au cas où. Des années plus tard, un policier chevronné demanda aux agents de NamUs de les examiner. Les corps identifiés furent exhumés puis enterrés dans un cimetière en bonne et due forme.

Chez NamUs, dont le personnel et les installations sont aujourd'hui hébergés par le Health Science Center de l'université du Texas du Nord, à Fort Worth, on répond à Darren Versiga d'envoyer immédiatement les restes de Jane Doe.

Un coup de fil après l'autre, le policier demande au Civil Aeromedical Institute d'Oklahoma City, encore en possession du précieux carton, de procéder au transfert d'une partie d'entre eux. À cause de l'eau de Javel utilisée il y a des années par le Dr Snow, parce qu'on ne faisait pas autrement à l'époque, à cause aussi du temps qui a passé et de l'indifférence qui l'a accompagné, les ossements que récupèrent les médecins du programme NamUs sont rongés.

Les informations précieuses que recèle leur matière sont, de ce fait, particulièrement difficiles à lire. Il faut multiplier les formules et traiter minutieusement le grain de chaque os pour, enfin, réussir à extraire un segment régulier d'ADN. C'est un grand pas : la Jane Doe du sous-bois est autre chose qu'un vulgaire squelette, elle est une identité à part dans le monde, unique. Mais la joie des laborantins est de courte durée. Passé à la moulinette numérique de la base de données de NamUs, l'ADN ne génère aucune correspondance. Il n'y a rien qui puisse permettre de brandir un nom en criant : « C'est elle ! » Personne, nulle part, n'a donc signalé la disparition de cette femme à la police. Comme si elle n'avait jamais compté.

De tous les éléments de cette affaire qui, déjà, lui fait tourner la tête, il en reste un que Darren Versiga n'a pas encore sondé. La scène du crime. Alors, un matin, l'inspecteur Versiga s'en va découvrir le sous-bois de Moss Point. Depuis Pascagoula, le trajet est effectivement l'affaire de quelques virages seulement. Dans sa mauvaise berline de service, il fonce sur l'échangeur 63 en direction du nord, contourne la highway 613, et bifurque sur Frank Griffin Road, une voie de traverse sur laquelle personne ne bifurque jamais. Selon les instructions de Jackie Walker Jr., il se gare ensuite sous les premières grilles du cimetière de l'église de la First Missionary, avec sa pelouse piquée de stèles en marbre, ses morts propres et ses enterrements protocolaires comme un pied de nez au triste sort de Jane Doe.

De l'autre côté de la route, un chemin de terre plonge dans les fourrés. C'est par là qu'il faut passer aujourd'hui pour rejoindre le parcours emprunté par les trois chasseurs le 27 décembre 1977.

Des arbres malmenés par les vents se dressent de part et d'autre du sentier. Leurs branches se déploient comme de longs bras prêts à enserrer quiconque s'approcherait. Darren Versiga se laisse happer par le sous-bois. Sous ses pas, l'herbe desséchée par le soleil craque dans un bruit d'étincelles. Il se retrouve en un instant au pied du totem de cette histoire. Tel un garde qui n'aurait jamais quitté sa cahute, le poteau électrique du sous-bois est toujours planté au même endroit, sa présence toujours aussi absurde dans cette nature qui n'est plus celle d'autrefois. Le sol est jonché de détritus : des pneus grillés, une bassine éventrée, un vieux nécessaire de toilette, des bouteilles de liqueur sans leur bouchon, un large morceau de moquette spongieuse et même un capot de voiture. Une décharge à ciel ouvert.

Enfin, le talus où les ossements ont été retrouvés apparaît sous les yeux de Darren Versiga. Il s'est creusé avec le temps. Profond et sombre comme une gueule de chien, on y tomberait que l'on s'y casserait quelque chose. Seul au milieu de la brousse, le souffle lourd, Darren Versiga jette un regard alentour. Même si le paysage a changé depuis 1977, tout est là. Le policier observe. Il hume l'air et arrache une poignée d'herbe qu'il se met à triturer machinalement entre ses doigts. L'isolement et l'hostilité de l'endroit lui rappellent une vieille légende indienne.

Il y a des siècles – du temps où les colons français n'avaient pas encore découvert l'embouchure de la Pascagoula River –, les forêts et les bayous des environs constituaient le territoire d'une tribu indienne du même nom. Nus ou presque, couverts de tatouages représentant de longs serpents aux écailles noires comme ceux qui grouillent dans la mélasse du bayou, les Pascagoulas étaient dirigés par un jeune chef prénommé

Altama. Plein de vigueur et d'esprit, l'homme était aussi un romantique qui ne put s'empêcher de tomber follement amoureux de la belle Aloxa, fille du grand-chef des Biloxis, la tribu rivale. Alors que son père l'avait promise à l'un de ses guerriers, la jeune femme fila secrètement rejoindre les bras d'Altama. Pour les Biloxis, c'était un affront qu'il fallait à tout prix punir. Ils déclarèrent la guerre aux Pascagoulas. L'issue était jouée d'avance: contre la foudre légendaire des Biloxis, les sujets d'Altama, connus pour leur quiétude, ne feraient pas le poids. Ce serait un carnage. Les Pascagoulas décidèrent alors eux-mêmes de leur triste destin. Main dans la main, hululant en chœur de majestueuses mélodies funèbres, Altama, Aloxa et toute la tribu allèrent ensemble se noyer dans les profondeurs du fleuve.

Depuis, de génération en génération, les gens d'ici racontent que des fantômes chantent à la surface de la Pascagoula River et dans les bois. On dit aussi que l'on entend parfois s'élever l'écho diffus des cantiques de la tribu Pascagoula, comme un bruit soufflé par une nuée d'abeilles qui avance tout près et disparaît aussi vite.

« Le son exact produit par le vent soufflant entre les fils du télégraphe », écrivit dans ses mémoires un vieux juge de la ville.

Plusieurs fois, des hommes vaillants qui s'étaient rencontrés la veille en regardant leur reflet au fond d'un verre ont essayé de suivre l'étrange mélopée. De peur d'être engloutis par le bayou, ils ont tous fini par revenir sur leur pas.

Dans le sous-bois, l'inspecteur Versiga écoute attentivement afin de capter les complaintes des Pascagoulas. Au lieu de ça, il n'entend que le bruissement des feuilles et le grondement sourd de l'autoroute derrière les arbres. Le policier décide de continuer son exploration. Il remonte dans sa voiture et se met à rouler lentement sur la petite route par laquelle il est arrivé, en longeant les fourrés d'un côté et le cimetière de l'autre. Juste avant que le sous-bois ne se jette dans le bayou, il découvre une clairière en pente où trône une maison bien entretenue. Dans le jardin, un vieil homme en bleu de travail arrose des rangs de laitues. Darren Versiga court à sa rencontre pour l'interroger sur les événements de 1977. D'une voix paresseuse, l'ermite explique qu'il s'est installé ici trop récemment pour savoir quoi que ce soit. La vieille dame qui lui a vendu son bout de terrain est morte, ajoute-t-il. Et, non, personne ne passe jamais par là. Enfin si. L'homme aux laitues raconte en rigolant comment, un jour, une femme s'est arrêtée en voiture au bord du bayou et s'est mise à tirer furieusement au fusil sur les nénuphars avant de s'en aller. Il s'était dit que c'était une folle. Bref. Laissant l'autre à son jardinage, Darren Versiga reprend le volant. Il devrait s'en aller, mais il n'y arrive pas. C'est plus fort que lui, il retourne illico près du poteau électrique. Quelques minutes de silence en plus à l'endroit du crime. Plongé dans les tréfonds de son esprit, il imagine le corps de Jane Doe laissé là. Ou plutôt balancé là. Il le voit dégringoler dans l'herbe, glisser sous les branchages. Il le voit pourrir à cause des vers et des pluies de l'automne, sans défense, sans nom. Personne n'a jamais signalé la disparition de Jane Doe, et l'inspecteur n'arrive pas à s'y faire. Sa gorge se serre. Il sent une brûlure dans sa poitrine. Cette affaire l'émeut. Il faut qu'il rende Jane Doe à ce qu'elle a été : une femme avec des joies et des peines, avec des souvenirs, avec une vie. Quelqu'un. Peu importe la déveine de Jackie Walker Jr., peu importe le silence de l'ADN, l'inspecteur doit continuer à enquêter. Pour elle comme pour lui, d'ailleurs. L'histoire de Jane Doe est un Everest tel que son esprit de compétition débordant en a toujours rêvé. Cette affaire est la possibilité de prouver une bonne fois pour toutes qu'il est le meilleur policier de la ville et de tout le Mississippi. Darren Versiga sourit. Jusqu'à ce que ses rêves de gloire et de vérité soient brutalement interrompus par une odeur plus rance encore que celle du bayou. Par vagues violentes, elle lui accroche le poil des narines et lui donne des haut-le-cœur. C'est la mort qui embaume l'air. Nerveux, priant pour que 1977 ne se répète pas, Darren Versiga s'aventure à nouveau dans le sous-bois en évitant de trop respirer par le nez. Parmi les fougères, il débusque finalement un petit fatras d'os ainsi qu'un crâne blanchi par le soleil. Le squelette d'un lièvre.

3

Bien qu'il n'ait pas beaucoup voyagé dans sa vie, Darren Versiga a coutume de dire qu'il n'y a qu'à Pascagoula qu'il est parfaitement heureux. Les eaux du bayou coulent dans ses veines. Il est le fils de la ville. Il y est né, y a appris à nager, à pêcher et à être un homme.

Darren Versiga a grandi dans une maison d'Orchard Road, une artère, parallèle à la mer, filant entre deux longues rangées de vieux cyprès. Son père, Kenneth, était ingénieur sur les chantiers Ingalls, où il s'occupait notamment de superviser la construction des sous-marins de l'armée américaine. Betty, sa mère, qui était une fille de la famille Flowers, travailla longtemps comme opératrice radio pour le Pascagoula Police Department et collectionnait les poupées en porcelaine. Le couple Versiga dirigeait d'une main ferme un foyer qui comptait un caniche prénommé André et quatre frères se tirant joyeusement la bourre : Donnie, Darren, David et Dany, du plus âgé au plus jeune. À l'adolescence, Darren, de constitution robuste, était également sensible et inspiré. Il aimait dessiner, sculpter le bois et travailler l'argile. Après le lycée, les garçons de Pascagoula décrochaient le plus souvent un boulot sur les chaînes de montage de Chevron ou les chantiers Ingalls dont les payes, à l'époque, suffisaient à ne manquer de rien. Darren, lui, traîna un peu. Il passait son temps au Thunder's ou dans d'autres bars du bord de mer. Il se soûlait jusqu'à tard le soir, bras dessus bras dessous avec la mauvaise graine du pays, des vendeurs de groseilles avariées et des marins qui n'avaient plus de bateau.

Et puis il se battait. Son ring était le fameux « Point ». Un terre-plein en sable situé au bout d'un quai, juste en face des grues des chantiers Ingalls qui, la nuit, ressemblaient à de monstrueuses pattes de crabe. Au clair de lune, Darren affrontait ses adversaires à mains nues. Avec son cou qui valait deux cuisses, son torse épais et ses poings en zinc, il était un bagarreur redoutable. Il avait à peine 20 ans et ne faisait qu'une bouchée des vieux joueurs de flipper qu'il affrontait. Il leur faisait sauter les dents. Ses phalanges finissaient toujours en sang. La police l'arrêta plusieurs fois pour trouble à l'ordre public, et Darren commença à bien connaître les bancs élimés de la cellule de dégrisement du Pascagoula Police Department. Fort heureusement, le jeune homme comprit un jour que cette jeunesse ne faisait pas une vie. Il choisit un métier où il pourrait exercer sa force. Il devint videur dans les bars qu'il fréquentait jusque-là, puis il se fit embaucher en tant qu'agent de sécurité à la porte de Wayne Lee's, le grand supermarché de Denny Avenue. Sa mission principale était surtout de mettre au tapis tous ceux qui osaient s'en aller avec quelques produits volés cachés sous les plis de leur salopette. Cela arrivait tous les jours.

Un jour, afin de sceller leur complicité, les policiers l'embarquèrent le temps d'une patrouille. Darren Versiga pourrait ainsi voir à quoi ressemblait le travail en uniforme sur le terrain. Installé sur le siège arrière d'une voiture frappée du logo jaune de la police, sentant sur ses épaules la lumière du gyrophare, Darren Versiga se retrouva à sillonner la ville. Il découvrit ce jour-là la réalité crue du métier de policier. Dans une chambre de motel minable, un mari avait surpris sa femme au lit avec un homme de passage. Il avait commencé par tuer son amour du lycée en lui tirant une balle dans la tête à l'aide d'un pistolet calibre .45. Puis l'arme s'était enrayée. Il s'en était alors servi comme d'un marteau et s'était acharné sur le pauvre amant. Il y était allé si fort que la crosse du pistolet s'était démontée. Lorsqu'il arriva sur les lieux du crime, sans uniforme et sans badge, avec sa naïveté de civil en bandoulière, Darren Versiga fit face à une mare de sang. La femme n'avait plus de regard et son bel ami n'avait plus de visage. C'était la première fois de sa vie qu'il voyait la mort en face. Pourtant, contrairement à la plupart des jeunes recrues en pareille occasion, Darren Versiga ne fut traversé d'aucune émotion particulière. Il ne vomit pas. Il n'alla pas se réfugier au bout de la rue pour respirer le bon air et reprendre ses esprits. L'écorce dure, il observa. La violence, la tristesse et les mystères de ce spectacle éveillèrent ses instincts de détective. Il se mit à envisager les enquêtes comme des aventures. Si c'était ça la vie de policier, il voulait absolument en être.

Darren Versiga effectua un bref passage au sein de la réserve du Pascagoula Police Department où, en tant que bénévole en uniforme mais sans arme, on lui demanda de surveiller les abords des foires et de se tenir au garde-à-vous lors des cérémonies officielles. Puis il se dit que le moment était venu de tenter sa chance et d'intégrer l'académie de police. L'admission se résumait à un concours qui consistait en une courte batterie de tests physiques, un passage au détecteur de mensonges ainsi qu'une étude de cas pratique en temps limité. Cet exercice ne présentait pas de difficultés particulières si l'on savait faire preuve de bon sens.

« À la radio de votre voiture de patrouille, on signale un cambriolage à proximité de votre position. Non loin de la scène, vous tombez sur des enfants qui jouent au milieu de la rue. Que faites-vous ? »

Les différentes réponses proposées étaient :

A. Vous vous arrêtez et vous dites aux enfants de s'en aller ;

B. Vous prenez en charge les enfants et vous les ramenez chez eux ;

C. Vous poursuivez votre chemin jusqu'à la scène du délit.

Darren Versiga entoura la dernière proposition. Une bonne réponse parmi d'autres. Le jeune homme arriva premier à l'examen. Mais, contre toute attente, on refusa de l'accepter parmi les rangs de l'académie. Ça arrivait. Pas découragé pour un sou, il se présenta à nouveau au concours le semestre suivant. Rebelote : alors que ses résultats méritaient tous les honneurs, il fut renvoyé à ses révisions. Quelque chose clochait. Darren Versiga avait, en vérité, très mauvaise presse auprès des instructeurs de la police. Ses esclandres du côté du Point étaient encore dans les mémoires du Pascagoula Police Department. On se disait qu'il avait la bagarre dans le sang, que le principe de l'ordre n'était pour lui qu'un épouvantail et que, pour cette raison, il ferait forcément un mauvais policier. Darren Versiga savait bien ce que l'on pensait de lui et il voulait qu'on comprenne qu'il avait changé. Il passa le concours une troisième fois, avec succès. Lorsque le vieux chef, qui avait semblé avoir fait une affaire personnelle de son cas, partit en retraite, il fut enfin embauché. Après six mois passés à bûcher sur les bancs de l'académie, au cours desquels il était aussi devenu le père d'une petite Keleigh avec sa fiancée des années lycée, Darren Versiga enfila très officiellement l'uniforme du Pascagoula Police Department. C'était au mois de mai de l'année 1992.

La cérémonie d'intronisation se déroula sur le campus de l'Université d'État du Mississippi, à Long Beach. À la tribune, un officier supérieur appela un à un les aspirants en gants blancs des grands jours. Il leur remit le Minimum Standard Certificate gravant dans le marbre l'entrée dans la grande confrérie des Bleus en bottes. Versiga reçut aussi le badge qu'il porterait toute sa carrière. Il fut adoubé du numéro 106.

Bien qu'il fût un excellent académicien, Darren Versiga commença sa carrière de policier en bas de l'échelle comme n'importe quel autre planton de sa promotion. Il était un simple patrouilleur, chargé de regarder les gens et les voitures passer. Sans grade, il débordait malgré tout d'enthousiasme. Il voulait prouver à ses supérieurs et aux mauvaises langues qu'il était digne de son insigne. Il surveillait ce qu'il avait déjà surveillé dix fois, il était le premier à débarquer quand on appelait des renforts et il accumulait les heures supplémentaires. Son zèle, couplé à un flair déjà particulièrement aiguisé, lui permit bientôt de multiplier les arrestations en flagrant délit.

À cette époque, Steiner Saw and Mower, une boutique de matériel de construction et de jardinage, avait été cambriolée plusieurs fois en quelques mois. Le *rookie* Versiga avait pris l'initiative de se positionner pendant toute une nuit dans une voiture garée sur le parking d'un immeuble mal famé situé à quelques pas seulement de l'enseigne. De sa planque, il avait vu passer une bande de Rapetou les bras chargés de marchandises et d'ustensiles. Sans attendre que l'on vienne le soutenir, le policier s'était chargé d'interpeller seul les voleurs du bout de son arme de service. Cette arrestation en flagrant délit lui valut à la fois les félicitations chaleureuses du nouveau commissaire du Pascagoula Police Department et quelques jolies lignes dans le *Mississippi Press.* En guise d'illustration, on choisit une photo du jeune Versiga, posant tout sourires, les bras encombrés d'une tronçonneuse de chez Steiner Saw and Mower.

Fort de ses succès, le patrouilleur gagna bientôt du galon. Délaissant le rez-de-chaussée du commissariat où évoluait le petit peuple de la police, il rejoignit le premier étage et la crèmerie la plus en vue du bâtiment : la brigade criminelle. Darren Versiga fut nommé inspecteur. Une position qui lui permettait de déployer en grand ses obsessions. C'était un chasseur, fait pour l'enquête. À présent, il n'avait plus à enfiler l'uniforme qui lui comprimait la panse. En civil, au bureau et sur le terrain, l'inspecteur avait tout d'un Américain standard. Il portait des polos en toile synthétique ou bien des chemises boutonnées jusqu'au col, un jean si large qu'un fermier du comté pouvait y fourrer sa récolte quotidienne de maïs et des baskets à semelles épaisses qui laissaient de grosses traces sur la moquette de son bureau les jours de pluie. Parfois, quand il devait faire bonne impression à une réception ou au tribunal, il enfilait une veste achetée chez JCPenney, une enseigne de costume bon marché dont on trouvait un magasin dans le grand centre commercial de Biloxi.

En tant qu'inspecteur, Darren Versiga s'intéressait autant à des affaires de trafics et de braquages qu'à des homicides. L'une de ses premières enquêtes concerna un vol de carte de crédit que les inspecteurs, certains de ne pouvoir rien en tirer, se refilaient les uns aux autres comme une pomme pourrie. Puisque personne n'en voulait, Darren Versiga en ferait son affaire, lui. Il collecta et éplucha consciencieusement les dizaines de reçus bancaires. Il les classa dans un ordre chronologique puis géographique. Ce qui émergea de toute cette paperasse lui permit d'entourer en rouge un nom sur son calepin. Sous le regard incrédule de ses collèges, l'inspecteur revint un jour au commissariat en tenant par les menottes la belle-fille de la victime.

De manière générale, le danger était un sentiment étranger à la vie de l'inspecteur. Il n'avait jamais affaire à un forcené retranché dans un restaurant de burgers, comme cela arrive parfois dans les hameaux américains. Il ne se retrouvait jamais perdu sous le feu de braqueurs de banque chevronnés en plein boulevard, comme on le voit dans les films. La seule fois où il dut faire usage de son arme, ce fut pour tirer sur un chien. Un doberman dégoulinant de bave qu'un trafiquant de marijuana cerné par la patrouille avait lâché sur l'inspecteur. Celui-ci fit alors preuve de la même adresse et du même sang-froid qu'il déployait lors des compétitions de tir. En une fraction de seconde, il régla la mire de son Smith and Wesson modèle 4506 et réduit le chien au silence tout en prenant soin de l'épargner. D'une balle, la Machine fit sauter l'une de ses pattes pour qu'il se couche dans l'herbe.

Ses qualités de tireur lui valurent d'être convoité dans tout le Mississippi. Le « grand expert » était ainsi régulièrement approché par d'autres polices de la région qui voulaient l'engager afin d'en faire la star de leur équipe de tir. La Border Patrol de Gulfport, chargée de surveiller les ports et les aéroports, lui promit une ascension fulgurante au sein des services fédéraux. Il s'en ficha. La Mississippi Highway Patrol lui fit également des avances. Cette fois, Darren Versiga s'interrogea. L'inspecteur pensa aux patrouilleurs du service régnant sur les routes reliant Pascagoula à Tupelo en passant par Jackson, sans doute les tireurs les plus adroits du pays. À leur côté, il pourrait aisément garnir un peu plus son palmarès. Il était tenté, vraiment. Mais il revint bientôt à la raison et, surtout, à ce qu'il avait dans le cœur. Darren Versiga ne pouvait pas s'imaginer une seule seconde passer sa carrière de policier à coller des amendes pour excès de vitesse. Sa routine à lui, enfin celle qu'il rêvait d'avoir, était celle des vrais crimes et des grands méchants à Pascagoula. L'inspecteur voulait être un héros dans sa ville et dans son comté.

Malgré tout, il y a des offres qui, dans la vie, ne se refusent pas. Au printemps de l'année 2000, l'inspecteur Versiga céda finalement aux sirènes du comté de Jackson. Il devint enquêteur auprès du bureau du procureur. C'était un poste d'élite, certainement l'un des plus convoités par les officiers qui, dans la région, avaient un peu d'ambition. Il travaillait sur les dossiers d'instruction du procureur et de ses adjoints et devait les rendre infaillibles, en allant plus loin encore que l'enquête de police. Il s'agissait de faire parler les témoins que personne d'autre n'avait réussi à faire parler et d'identifier les victimes qui avaient abandonné depuis longtemps le combat pour que justice leur soit rendue. L'importance de cette mission était soulignée par la paye qui lui était allouée. Rattaché au comté, un enquêteur gagnait 45 000 dollars par an, soit 15 000 dollars de plus que n'importe quel officier de brigade criminelle. Darren Versiga devait cette fulgurante promotion autant à son flair et ses qualités de policier, qui suscitaient l'admiration depuis quelques années, qu'à son entregent.

De fait, Keith Miller, le procureur nouvellement élu, était un bon copain depuis leurs années communes au lycée de Pascagoula. Pour mener à bien ses nouvelles missions, le policier n'eut pas à aller bien loin. Les bureaux du procureur étaient situés au sein du grand tribunal de Pascagoula, à côté de la Terry Michael Bird Highway, qui traverse la ville d'est en ouest. Cette fois, Darren Versiga se mit à porter des vestes tous les jours. En accumulant les preuves afin que ses chefs ne soient jamais pris en défaut par les avocats de la défense, il gagna en endurance dans sa manière d'enquêter. Il ne se contentait plus des premiers signes de la vérité, aussi évidents fussent-ils. Il grattait encore et encore, jusqu'à ce qu'il soit intimement convaincu des faits. Au bureau du procureur du comté de Jackson, Darren Versiga apprit à être un meilleur policier.

Un changement n'arrivant jamais seul, c'est aussi à cette époque qu'il divorça de la mère de la petite Keleigh et qu'il rencontra la femme de sa vie. Au bout d'une harassante journée au tribunal, il tomba raide dingue d'elle sur la terrasse du Huck's Cove, un bar de notables en bermuda bordé par les eaux visqueuses du bayou. Fille de militaire et gérante studieuse d'un complexe d'appartements à Pascagoula, Jessica Faulkner avait treize ans de moins que lui. Elle était aussi mère de deux enfants, Manuel et Kyla, qu'elle avait eus de deux compagnons différents. Ils se marièrent très vite. La famille recomposée emménagea dans une maison à Pascagoula, toujours sur Orchard Road qui, jadis, avait appartenu aux grands-parents de Darren Versiga. Puisque le père de la petite Kyla était parti un jour sans plus jamais donner de nouvelles, l'inspecteur fit les démarches juridiques nécessaires pour devenir son père d'adoption.

En 2004, Keith Miller choisit de ne pas se présenter à sa réélection au poste de procureur du comté de Jackson. Pour Darren Versiga, ce fut comme si on l'avait frappé sur la nuque avec un morceau de roseau du bayou. Avec le départ de son vieil ami, il devrait remballer ses affaires sans attendre afin de laisser la place à l'équipe de son successeur.

En un rien de temps, Darren Versiga dut se défaire d'un prestige auquel il s'était vite habitué. Surtout, il perdit une bonne paye qui, à cette époque, était particulièrement bienvenue. Depuis son divorce, il devait verser une pension alimentaire qui valait au moins une bonne voiture d'occasion. Avec Jessica, il venait aussi d'avoir un fils, Drew. L'inspecteur ne pouvait pas reprendre son poste au Pascagoula Police Department où, pourtant, on l'aurait accueilli à bras ouverts. Le maigre salaire d'inspecteur lui aurait à peine permis de joindre les deux bouts. Pour s'en sortir, et peut-être aussi parce qu'il avait soif d'aventure, le policier se transforma en homme d'affaires. Ne sachant rien faire d'autre dans la vie qu'enquêter, il ouvrit une petite société d'investigation qu'il baptisa Covert Investigation and Consulting Services. Autrement dit, Darren Versiga devint détective privé. Il loua un bureau dans un bâtiment du centre-ville de Pascagoula où ses voisins de palier étaient un assureur et un cabinet d'analyses médicales. Le loyer était de 210 dollars par mois. Avec ses économies, Darren Versiga paya comptant pour l'année entière. Comme les vieux routiers de la discipline qu'il avait vu faire au cours de sa carrière, il s'équipa d'un van aux vitres teintées et d'un attirail complet d'appareils photo munis de longues focales capables de photographier la lune.

Moins d'une semaine après avoir fixé sur la porte de son nouveau bureau une plaque en métal flambant neuve, le détective Versiga décrocha une première mission qui lui sembla être un clin d'œil du destin. L'équipe du nouveau procureur du comté de Jackson l'embaucha pour effectuer un travail de surveillance et de filature. Un homme s'était fait mal sur un parcours de golf. Incapable, disait-il, de s'asseoir sur une chaise, il avait porté plainte contre le comté et réclamait une somme astronomique de dommages et intérêts. On le soupçonnait d'être un escroc. Darren Versiga le suivit à la trace. Discret comme la panthère rose, il n'eut aucun mal à documenter le mensonge. Il photographia le malade imaginaire en train de swinguer au golf et de se pavaner contre les tables de jeu d'un casino. Grâce à ces clichés, les représentants du comté de Jackson purent aisément balayer la plainte qui les menaçait. Selon une grille de barème particulièrement généreuse, ils remirent un chèque de 10 000 dollars au détective en échange de ses fructueux renseignements. Et dire qu'il n'avait travaillé que quelques jours sur cette enquête. Ce pactole lui fit tout drôle. D'autres clients se mirent bientôt à toquer à la porte de Covert Investigation and Consulting Services. Il y avait des policiers qui n'arrivaient plus à rien, des avocats des parties civiles ou de la défense, des officiels qui ne savaient plus à quel saint se vouer et des particuliers, tous désespérés. Darren Versiga se retrouvait à incarner le fantasme bas de gamme du détective privé. Lové sous son volant, en équilibre sur un rebord de balcon ou planqué dans des fourrés, il dut immortaliser des amourettes adultérines pour le compte de cocus et de cocues qui étaient prêts à dépenser une fortune pour se dire qu'ils n'avaient pas rêvé. Heureusement, il avait aussi des affaires plus intéressantes, de quoi se dire que son métier était bien plus que celui d'un vulgaire paparazzi de province. Il aida une famille à boucler le dossier concernant un homme qui avait été accusé à tort d'avoir violé sa belle-fille. Il permit aussi à un adolescent qui avait été adopté de renouer avec ses parents biologiques. Quand des clients comme ça le remerciaient en lui disant que, sans lui, ils auraient tout perdu, il les prenait dans ses bras en leur disant qu'ils exagéraient. Il ne fanfaronnait pas, mais il était fier. Cette nouvelle vie confrontait aussi Darren Versiga à la nature profonde du Mississippi : absurde et tragicomique.

Un jour, un homme appela de New York pour demander au détective de retrouver un obscur dossier de justice dans lequel, disait-il, avait été consignée la folie d'une vieille tante. Des dizaines d'années plus tôt, cette femme originaire du Mississippi avait crié à tout bout de champ qu'il fallait faire attention à elle parce qu'elle était une sorcière. Elle aimait dire à qui osait l'écouter qu'elle était douée de pouvoirs surnaturels qui risquaient de provoquer l'Apocalypse. Folle, comme il semblait y avoir des folles et des fous dans chaque village du Mississippi à cette époque, elle avait fini par tuer son mari à coups de fusil. Arrêtée, jugée, elle avait ensuite terminé ses jours à l'asile. Darren Versiga se rendit dans la ville où le triste vaudeville était arrivé, dans le comté de Greene, à quelques heures de route au nord de Pascagoula. Au prix de longues et ennuyeuses heures de recherches à peine interrompues par quelques bouchées d'un mauvais sandwich à la truite, il parvint à retrouver le précieux dossier dans les archives du minuscule tribunal local.

Les demandes, les requêtes, les urgences arrivaient quotidiennement. Le business était florissant. Une année seulement après s'être lancé, Darren Versiga avait déjà gagné plus de 100 000 dollars. Pour la première fois de sa vie, il était un peu riche. Le détective profita de sa nouvelle fortune pour embaucher les premiers salariés de Covert Investigation and Consulting Services qui n'étaient autres que son frère et un bon ami du billard. Convaincu désormais d'avoir le sens des affaires, il monta un commerce de vente de matériel de surveillance en ligne dont sa femme, Jessica, assurait la gérance. Il se permit un caprice, aussi. Dans l'une des dizaines de concessions automobiles établies entre Pascagoula et Gulfport, il s'offrit le fameux SUV modèle Tahoe de la marque Chevrolet. Le genre de supertanker de la route dans lequel les gens importants du bayou aimaient parader pour dire qu'ils avaient réussi. Darren Versiga dépensait son argent sans compter. Il payait tout comptant et tout en cash.

Il se fichait d'avoir une assurance santé. Dès que lui ou quelqu'un de la famille avait un pépin, on filait chez le médecin sans réfléchir à la note salée qui suivrait. Pour Darren Versiga, payer rubis sur l'ongle était une manière d'éprouver sa liberté. Il se disait que, si les affaires étaient bonnes aujourd'hui, elles le seraient encore plus demain.

Pascagoula avait beau être une toute petite pincée d'Amérique protégée par les bayous et la fierté de ses habitants, cela ne l'empêchait pas de subir les affres du monde. En 2008, la crise économique s'abattit sur la ville, comme partout ailleurs en Amérique. Des milliers de gens perdirent en un instant leur travail ou bien les économies d'une vie. La sonnerie du téléphone de Covert Investigation and Consulting Services qui pouvait jusque-là retentir trente fois par jour fut brusquement réduite au silence. Plus personne n'avait les moyens de recourir aux services du détective. Les mains posées à plat devant lui, Darren Versiga attendit plusieurs semaines que les affaires reviennent comme avant. En vain. Pas un appel. Contraint au chômage technique, il vit ses finances s'amenuiser dangereusement. Les dizaines de milliers de dollars de son compte en banque se réduisirent à quelques milliers puis à quelques centaines. La situation était d'autant plus délicate que Darren Versiga et sa femme étaient les parents depuis quelques semaines d'un cinquième enfant, la petite Reagan. La famille risquait bientôt de se retrouver sur la paille. Au lieu de vendre au rabais la maison d'Orchard Road, Darren Versiga prit la décision de fermer boutique. Il liquida son cabinet d'investigation et se mit en quête d'un travail avec un salaire honorable en même temps qu'une stabilité imperméable aux tribulations de la Bourse. À ses yeux, un seul endroit pouvait lui garantir un tel luxe. L'homme dont la passion la plus viscérale avait toujours été d'attraper les méchants retourna au Pascagoula Police Department. Malgré ses états de service, les officiers supérieurs ne lui firent pas de cadeau. Comme un vulgaire bleubite, Darren Versiga dut se farcir le concours qu'il avait déjà passé trois fois quinze ans auparavant. Une formalité. Reçu et embauché au mois de décembre 2009, il retrouva alors ses pénates d'origine, au premier étage du commissariat. Il était de nouveau inspecteur. Sur son bureau l'attendait ce qui n'avait jamais été qu'à lui et qui finalement représentait ce qu'il avait toujours été. Son badge, matricule 106.

4

Darren Versiga en est donc là : il a un corps sur les bras, ou plutôt ce qu'il en reste. Il n'a pas de nom et pas d'ADN. Il n'a pas d'histoire à part les bribes confuses d'une longue souffrance. Mais il ne se considère pas encore dans une impasse.

Il change de braquet. L'enquête ne doit plus partir de la victime, mais remonter jusqu'à elle en cherchant celui qui l'a vue en dernier, son assassin. Darren Versiga sort fiévreusement de ses tiroirs la montagne de documents qu'il a accumulée ces dernières semaines afin de faire émerger, peut-être, le début d'une piste. Parmi les éléments qui composent le cold case de la jeune Melinda LaPree, Darren Versiga repêche une étrange fiche cartonnée à laquelle il n'a jamais prêté attention jusque-là. Elle comporte une série d'empreintes digitales et un nom qui pourrait être celui de tout le monde : Samuel Little. Un suspect qui, d'après ce que dit encore cette fiche d'identité judiciaire, avait déclaré n'être qu'un honnête peintre en bâtiment. D'autres pièces du dossier, une pagaille de dépositions dont les bords semblaient avoir brûlé, racontaient son histoire.

Après que l'on avait retrouvé le cadavre de la prostituée Melinda LaPree à l'entrée d'un cimetière le 15 septembre 1982, une autre fille de la rue était allée voir les policiers de Pascagoula pour raconter ce qu'elle avait vu depuis son bout de trottoir. Elle expliqua que, le soir de sa disparition, la victime avait traîné le long de Live Oak Street, à Carver Village. Un quartier qui, à l'époque, était une succursale de l'enfer en plein cœur de la ville, où les motels et les bars étaient soit des bordels, soit des tripots dont les clients n'avaient plus rien à perdre. À une heure où il ne restait plus grand monde dehors, Melinda LaPree était montée dans une voiture longue comme un corbillard qui devait être une Pinto de chez Ford. De couleur marron clair, elle était immatriculée dans l'Alabama. L'homme qui se trouvait au volant était un Noir avec une large moustache. La témoin savait très bien de quoi elle parlait puisqu'elle disait qu'elle-même était montée à bord quelques minutes plus tôt. Grâce à ses précieux souvenirs, on avait émis un signalement dans toute la région. Le 24 novembre 1982, la police de la ville d'Ocean Springs arrêta sur la route une Pinto similaire, de la peinture à la plaque. Son conducteur, noir et moustachu, fut ramené en urgence au premier étage du Pascagoula Police Department. Les inspecteurs de la brigade criminelle procédèrent à ce que l'argot policier américain appelle un « photo line-up ». À l'aide d'un appareil photo instantané, on tira le portrait de neuf hommes qui se ressemblaient plus ou moins, dont le propriétaire de la Pinto. Les clichés furent ensuite montrés à la prostituée. Du bout de son index, elle indiqua le portrait de celui que l'on venait d'interpeller. C'était lui qui avait embarqué Melinda LaPree le 15 septembre 1982. Elle était formelle. Les papiers du suspect disaient qu'il s'appelait Samuel Little. Sans plus attendre, on le transféra à la prison du comté de Jackson.

L'inspecteur Versiga poursuit sa lecture. Il passe d'une feuille à une autre tout en noircissant son calepin d'un tas de notes griffonnées que lui seul est capable de déchiffrer. Dans une autre déposition, la témoin de Carver Village avait affirmé que, quelque temps avant la mort de Melinda LaPree, le même Samuel Little s'en était pris violemment à deux autres filles. Hilda Nelson et Lelia McClain – qui se faisait surnommer « Bow Legs » (« Jambes Arquées ») – étaient, elles aussi, des habituées du capharnaüm de Carver Village où elles ramassaient les michetons à la pelle. Pour la brigade criminelle, c'était une véritable aubaine. Le témoignage de ces deux prostituées noires pouvait les aider à étoffer le dossier d'accusation du suspect Little. Retrouvées, convoquées et auditionnées ensemble, Hilda Nelson et Lelia McClain identifièrent sans mal leur agresseur sur les photos qu'on leur présenta. Puis, chacune à son tour, elles racontèrent leur histoire. Le 31 juillet 1980, Hilda Nelson avait fait entrer Samuel Little chez elle. Mais à la place d'une passe minable, il n'y avait eu que de la rage. L'homme avait étranglé la prostituée jusqu'à ce qu'elle s'évanouisse. Il l'avait alors déshabillée, avant de l'étrangler à nouveau. Plus tard, Hilda Nelson s'était réveillée en sursaut sur son lit, une chaussure au pied et une écharpe au cou. Son agresseur venait de partir en catastrophe après que des voisins avaient sonné à la porte. Hilda Nelson était allée porter plainte auprès de la police, mais il n'y avait eu aucune suite.

Un an plus tard, à l'époque des fêtes de Thanksgiving, Lelia McClain accepta le beau billet de 50 dollars que lui tendit un soir Samuel Little à travers la fenêtre de sa voiture. Elle prit place sur le siège passager, et le client alla se garer juste derrière le Shamrock Hotel, un endroit désert. À peine avait-il coupé le contact que Samuel Little s'était mis à étrangler la prostituée. Il l'avait frappée. Lelia McClain parvint à s'échapper de la voiture, mais il la rattrapa au bout de quelques mètres seulement. Pour la frapper à nouveau. Dure à cuir, la jeune femme finit malgré tout par s'enfuir pour de bon. En guenilles et en sang. Lelia McClain choisit de ne rien dire à la police.

Les deux prostituées n'avaient pas été victimes de vulgaires agressions, malheureusement très communes à Carver Village en ce temps-là. Samuel Little avait voulu les tuer. Pour les inspecteurs du Pascagoula Police Department, il ne faisait absolument aucun doute que ces deux tentatives d'homicide concordantes en tout point achèveraient de prouver la culpabilité du conducteur de la Pinto dans l'affaire Melinda LaPree. Mais à l'heure d'examiner le dossier, la cour du comté de Jackson avait balayé d'un revers de la robe les preuves épaisses apportées par Hilda Nelson et Lelia McClain. Elle avait fait de même avec le témoignage de la première prostituée de Carver Village. Ses histoires de Ford Pinto ne valaient pas grand-chose. On ne pouvait pas condamner quelqu'un simplement parce que des gens racontaient des choses, conclurent les juges. Dès lors, plus rien n'accusa Samuel Little. En un coup de tampon donné à la va-vite avant que le préposé au greffe ne parte en week-end sur son bateau, le suspect fut innocenté du meurtre de Melinda LaPree.

Sous le regard interloqué de Carol Cannon, l'imposante responsable de la salle des archives, qui, derrière son grand bureau, semble vissée à son fauteuil à roulettes depuis des siècles, Darren Versiga poursuit les fouilles. Il épluche, il compulse, en respirant fort. Il piste Samuel Little. Il en est certain, le peintre en bâtiment charrie derrière lui bien trop de colère et de peur pour que son aquittement expéditif soit réelle.

Une nouvelle gorgée de café froid et Darren Versiga dégotte un dossier qui a tout du gros lot, le dossier n° 19721. Des pages entières consacrées à Samuel Little. Un privilège réservé aux seuls coupables, d'ordinaire. Les informations que déterre Darren Versiga sont aussi foisonnantes que surprenantes. Malgré ses soupçons, il ne s'attendait pas à ça. Il trouve la trace d'un autre meurtre. Si Samuel Little a été blanchi dans l'affaire Melinda LaPree, il n'a pas été libéré pour autant. Au contraire, il a été extradé sous bonne escorte jusqu'à Gainesville, en Floride, où il a de nouveau été placé en détention. Exactement comme à Pascagoula, le peintre en bâtiment était sérieusement suspecté d'avoir étranglé à mort une jeune femme dont on avait retrouvé le corps nu au milieu de nulle part. Cette fois, en plus de témoignages concordants, la science accusait le peintre. On avait retrouvé des cheveux à lui sur la victime.

Malheureusement l'histoire finit par se répéter. Les juges avaient considéré que les preuves présentées ne tenaient pas la route, et ils avaient acquitté Samuel Little. Parmi les pièces du dossier n° 19721, l'inspecteur trouve également une note manuscrite visiblement rédigée par un ancien brigadier du commissariat mentionnant un échange téléphonique avec un autre policier au cours de l'année 1984. Là-bas, en Californie, on avait, semble-t-il, arrêté Samuel Little pour viol. Puisque les annales nationales des polices du pays mentionnaient son arrestation dans le cadre de l'affaire Melinda LaPree, on avait appelé Pascagoula afin d'en savoir plus à son sujet. Un autre document fait état d'une correspondance à la même époque entre les enquêteurs d'ici et leurs homologues d'un petit comté de l'Ohio. Idem : tout au nord, le gars Little avait été accusé de viol, et la police avait contacté le Pascagoula Police Department pour se mettre au parfum. Un meurtre, puis un deuxième. Des agressions violentes. Ce n'est pas seulement dû au hasard ou à la malchance, se dit l'inspecteur Versiga. Impossible que Samuel Little ne soit qu'un pauvre type qui, d'un bout à l'autre du pays, se retrouve systématiquement au mauvais endroit, au mauvais moment.

Darren Versiga sort la fiche cartonnée d'identité judiciaire au nom de Samuel Little. Établie par le Pascagoula Police Department, elle est datée du 11 août 1977. Quatre ans avant l'affaire Melinda LaPree, Samuel Little avait déjà été arrêté en ville. Vol à l'étalage : quelques vêtements qu'il avait grossièrement cachés sous son veston à la sortie d'un magasin où tout était à un dollar. On l'avait relâché dans l'heure. Anodin, le crime fait néanmoins tiquer Darren Versiga.

La date surtout : 1977, au mois d'août. L'inspecteur passe en revue les infos dont il dispose. Planté sur la moquette rêche de la salle des archives du commissariat de Pascagoula, il parcourt en même temps et à toute vitesse l'ensemble des rubriques, des tableaux et des classements échafaudés par son esprit incandescent. D'après les analyses du Civil Aeromedical Institute, Jane Doe a très certainement été assassinée au mois d'août 1977. Si la police de Pascagoula a arrêté Samuel Little à la même époque, cela veut dire qu'il traînait dans les parages. Jane Doe est morte étranglée et l'homme à la moustache, lui, cumule des accusations où il est question de la même violence, de Carver Village à la côte Pacifique. Les faits s'alignent et s'emboîtent. Bon sang, et si c'était lui ? Et si au mois d'août 1977, Samuel Little avait tué cette femme dans le sous-bois de Moss Point ?

Reste une dernière pièce dans le dossier n° 19721. Une vieille photo en couleurs de la taille d'une carte postale. Le portrait réglementaire de Samuel Little, 37 ans, 1,80 mètre pour 90 kilos, « de race noire », arrêté par le Pascagoula Police Department le 11 août 1977, selon ce qu'indique la plaque qu'il porte autour du cou. Coiffé à la mode disco de l'époque, il porte d'élégants favoris et la fameuse moustache qui descend jusqu'à la commissure de ses lèvres, celle dont tout le monde s'était souvenu à Carver Village. Son visage brille sous l'effet du flash, mais il a l'air plutôt fort et solide comme un poing fermé. C'est son regard qui retient surtout l'attention de l'inspecteur Versiga. Ses yeux dorés semblent dire au monde d'aller se faire voir. On dirait un gros chat qui rôde. Darren Versiga prend le temps d'examiner froidement ce visage et ses mystères. Il n'a plus qu'une question en tête : mais où est donc passé Samuel Little ?

5

Quand il n'est pas en service, l'inspecteur Versiga aime se rendre au centre de tir de la police de Pascagoula, comme d'autres vont au bar ou à la pêche. Installé à la sortie de la ville, tout près d'une ligne de chemin de fer mangée par les fourrés où passent d'importants convois chargés de fuel, c'est un endroit de tôle et de sable auquel on accède en entrant un code interminable.

Face aux cibles d'entraînement, qui sont parfois de simples canettes de bière, faute de moyens, Darren Versiga dégaine son fameux Bull Gun, le pistolet au bout duquel il a taillé sa légende dans le Mississippi. Avec son calibre .14 de chez Smith and Wesson, sa plaquette de crosse en bois verni, son canon allongé et sa tige d'éjection renforcée, l'arme pourrait trouver sa place dans l'arsenal d'un tueur à gages. De la ferraille sous testostérone à 1 000 dollars pièce, forgée par le célèbre Bob Jones, un armurier de Jackson capable de transformer un canon à eau en batterie anti-missile.

À l'époque où il apprenait encore à ne pas trembler au moment d'appuyer sur la gâchette, Darren Versiga crevait d'envie de posséder un Bull Gun parce que c'était l'arme des tireurs les plus émérites. Il n'avait pas assez d'économie pour se l'offrir. Un temps, il avait pensé revendre sa voiture. Finalement, pour célébrer ses premiers trophées, et pour lui dire combien ils étaient heureux qu'il se soit trouvé une passion, ses parents lui avaient offert le pistolet. Darren Versiga aimerait pouvoir le porter à la ceinture en service, mais il sait bien que ce n'est pas possible. Les gens prendraient peur.

Seul dans le baraquement du centre de tir où ses collègues vont rarement, le visage taché du sable qui tourbillonne dans l'air à chaque détonation, l'inspecteur tire avec discipline. Il aime entendre le bruit du feu. Il aime la puissance de l'engin, cette électricité qui irradie le corps d'un coup. Telle une épice, l'odeur âcre de la poudre l'enivrerait presque. Quand il tire, il ne pense plus à rien. Il s'en va loin de Pascagoula, de sa moiteur, de sa torpeur et de ses tristesses. Il s'évade. C'est en tout cas ce qui arrive d'habitude. Ces jours-ci, la puissante magie du Bull Gun ne parvient pas à opérer. À chaque fois que Darren Versiga foudroie sa cible, il lui revient violemment en tête toute la soupe de son enquête. D'ailleurs, l'inspecteur se rend de moins en moins au centre de tir. À la place, il consacre son temps libre à chercher des indices et des preuves. Il n'y a plus que Jane Doe et Samuel Little qui comptent. Les noms, les endroits, les dates qui constituent leurs histoires et forment un tunnel dans lequel il navigue les yeux grands ouverts en espérant apercevoir, un jour, la lueur.

Les soirs de semaine, après la fin de son tour de garde à la brigade criminelle, il retourne se plonger dans les archives. Avec un litre de café pour seul compagnon, il relit mot après mot des textes qu'il connaît déjà par cœur en espérant y trouver un indice qui, tel un miracle, serait apparu depuis sa dernière lecture. Cela n'arrive jamais. Le week-end, la bibliothèque municipale de Pascagoula est son nouveau centre de gravité. Tandis que la guichetière de la salle d'histoire locale continue de somnoler, son épais visage calé dans la paume de sa main, Darren Versiga explore frénétiquement le passé. D'un microfilm à l'autre, il sonde ce que les journaux ont raconté, non plus pendant le seul mois de décembre 1977, mais au cours des vingt années alentour. Qui sait, un entrefilet publié un peu avant ou longtemps après pourrait bien lui permettre de tirer un nouveau filon. Ses journées à la bibliothèque s'écoulent une à une, ponctuées d'éclats enthousiastes, toujours suivis par des soupirs de déception.

Même s'il n'en a pas forcément envie, même s'il n'en a pas toujours la force, Darren Versiga ne peut aussi s'empêcher de retourner encore et encore sur la scène du crime. Moss Point agit sur lui comme un aimant terrible. L'atmosphère du sous-bois vient l'agripper par le col, et il n'arrive pas à saisir pourquoi. Les chants de la tribu d'Altama, peut-être. À chacune de ses visites, la couleur des feuilles change. Toute la gamme de vert y passe, du vert profond au vert teint de paille. Vert noir, vert rouge, vert jaune. Quand il est là, Darren Versiga continue de fouiller : un os, une dent, un bijou, n'importe quel indice que l'on aurait oublié des années auparavant et qui pourrait lui dire immédiatement qui est Jane Doe. Il fait chou blanc. Les seuls objets qu'il trouve sont les saletés que les gens balancent sans discontinuer du coffre de leur voiture. Après les pneus brûlés, voilà des lots de couches usagées, un pan de gouttière ou encore un bouquet de roses en plastique dans lequel l'inspecteur donne machinalement un coup de pied.

Au comptoir des bars du front de mer où les plus ivrognes préfèrent la sieste à la bagarre, Darren Versiga rencontre les vieux inspecteurs en retraite qui ont arrêté Samuel Little en 1982 pour le meurtre de Melinda LaPree. Ils lui racontent que le bonhomme à la moustache parlait avec un accent du vieux Sud, comme les gens du comté qui travaillent dans les champs. Ce n'était pas un colosse, mais il avait la poitrine dure d'un boxeur. En un coup de poing vite balancé, on aurait dit qu'il pouvait vous mettre au tapis pour la vie. Il avait expliqué qu'il avait vécu à Biloxi, avant de s'installer à Miami parce qu'il préférait la ferveur des très grandes villes. Dans sa Ford Pinto, les enquêteurs avaient retrouvé une ribambelle de reçus d'hôtels qui montraient qu'il avait dormi un peu partout le long de la côte entre la Floride et le Mississippi. Il avait dû errer au gré de ses secrets. Samuel Little avait expliqué qu'il était allé là où il avait trouvé des petits boulots de peinture. Il pouvait s'occuper de la façade d'un casino comme du porche d'un pavillon. Il disait que ce n'était pas lui qui avait tué Melinda LaPree parce qu'il tombait trop facilement amoureux des femmes pour faire une chose pareille. S'il les aimait, il ne pouvait pas leur faire de mal. Il s'était défendu en jurant et il avait même craché par terre. À certains moments, il s'était montré charmant et affable, à tel point qu'on avait fini par le trouver sympathique. Il n'aurait pas été soupçonné d'avoir tué une pauvre fille qu'on l'aurait presque emmené à la pêche après le service. Au fond, les policiers avaient le sentiment que leurs accusations n'avaient jamais compté pour lui. Il s'était senti plus fort qu'eux. Il les avait méprisés tout du long. Samuel Little était un serpent qui jouait avec les humeurs et qui ne jurait que par les pulsions. Avalant leur bière d'un trait pour en recommander vite une autre, les anciens policiers se demandent encore aujourd'hui à quel mauvais génie vaudou le peintre en bâtiment avait pu se vouer à l'époque pour que les juges le laissent partir sans rien dire.

De toutes les pistes que Darren Versiga défriche, la plus sérieuse est celle des deux prostituées qui ont accusé en vain Samuel Little de les avoir agressées au début des années 1980. L'inspecteur les croit. Il se dit que leur témoignage pourrait lui permettre de mieux cerner la nature de son suspect. Grâce aux registres de la Sécurité sociale, le policier retrouve l'adresse de l'une d'entre elles : Hilda Nelson.

Sur le palier de sa petite maison de Moss Point, dans un quartier noir où tout s'effondre, il dépose en passant une carte de visite du Pascagoula Police Department ainsi qu'une note lui demandant de le rappeler de toute urgence. Quelques jours plus tard, c'est une vieille dame vêtue d'une élégante robe à fleurs et dont le sourire timide est maquillé de juste ce qu'il faut de rouge à lèvres qui accueille chez elle Darren Versiga. Hilda Nelson a tourné la page de sa vie sur le trottoir. La prostituée au décolleté baillant de Carver Village est devenue une retraitée dont on pourrait penser que la chose la plus grave survenue dans sa vie serait d'avoir raté sa tarte aux pommes un dimanche. Fidèle de la Christian Love Church of the Living God, à Moss Point, membre du comité des diplômes du lycée Carver à Pascagoula, Miss Nelson est aussi la grand-mère de six petits-enfants qui ont l'air d'être heureux.

Une fois son magnétophone allumé, l'inspecteur Versiga lui demande de raconter en détail ce qui lui est arrivé la nuit du 31 juillet 1980 à Carver Village. Cela fait plus de trente ans maintenant qu'elle n'en a pas parlé. Hilda Nelson inspire un grand coup, à moins que ce ne soit un râle qu'elle réfrène. Elle réajuste les plis de sa robe et s'assure d'être à peu près bien installée sur le fauteuil en poils où elle trône dans son salon. Elle boit un peu d'eau en laissant sur son verre une jolie marque rouge. Enfin, d'une voix délicate qui n'oublie aucune liaison, les mains sagement posées sur ses genoux, elle raconte comment Samuel Little a failli l'assassiner.

« J'attendais sur le trottoir et j'ai croisé cet homme, assis sur un banc. Il s'est mis à me parler en faisant comme s'il me connaissait. Je ne lui ai pas demandé son nom. On a traversé la rue pour rejoindre mon appartement. C'était l'été, on est passés devant des gens qui traînaient dehors, prenaient l'air. Dès que l'on est arrivés chez moi et que j'ai refermé la porte, il m'a frappée en plein visage. Je me suis évanouie.

« Quand je me suis réveillée, j'étais dans une baignoire, nue, avec une écharpe autour du cou serrée très fort. Il essayait de me mettre la tête sous l'eau en appuyant sur mes épaules. J'ai essayé comme je pouvais de ne pas me noyer.

Comme je suis grande, mes pieds dépassaient de l'eau à l'autre bout de la baignoire. J'ai fini par m'évanouir, à nouveau. Sûrement parce que j'avais peur.

« Comme je n'étais toujours pas sortie de l'appartement avec mon client, une amie s'est inquiétée. Elle a commencé à m'appeler, d'autres se sont joints à elle. À travers les rideaux, ils pouvaient me voir allongée sur le lit. L'homme a fini par sortir. Il est passé devant eux comme si de rien n'était. Ils sont entrés et m'ont trouvée sur le lit, allongée sur le dos, avec l'écharpe autour du cou.

« Je suis restée trois jours à l'hôpital. Je ne pouvais pas parler. J'avais terriblement mal à la gorge, je voyais en rouge. En me frappant, je crois que l'homme a fait exploser toutes les veines de mes yeux. Quand ils m'ont vue, mes enfants ont eu peur de moi. »

Avant de terminer son entretien avec Hilda Nelson, l'inspecteur Versiga lui glisse sous les yeux la seule photo de Samuel Little dont il dispose. Jetant un regard rapide sur celle-ci, la témoin en tenue du dimanche perd ses moyens, comme si son passé remontait soudainement à la surface.

« Rien que de le revoir en photo, ça me donne envie de faire dans mon froc », lâche-t-elle.

C'est bien ce type qui a essayé de la noyer dans la baignoire. Elle en est certaine. Elle parierait les bijoux qu'elle garde précieusement chez elle dans un tiroir, et Dieu sait qu'elle y tient. Grâce à Hilda Nelson, l'inspecteur Versiga est aussi heureux d'apprendre que Lelia McClain, l'autre prostituée à laquelle Samuel Little s'en est pris, est toujours vivante, ce qui n'est jamais trop donné lorsqu'on a passé sa jeunesse à Carver Village.

Celle que ses clients surnommaient Bow Legs vit aussi dans les parages. Elle élève certains de ses quinze petits-enfants comme ses propres enfants, parce que les parents ne sont plus là. Sur les conseils de sa vieille amie Hilda, elle reçoit à son tour Darren Versiga. Lorsqu'il la voit pour la première fois, le policier se dit qu'elle n'a pas dû beaucoup changer depuis l'époque de ses passes : elle a du jaune dans le fond des yeux et, quand elle parle, elle arrondit les syllabes en roulant des épaules. C'est une gouailleuse. Lelia McClain a encore la rue en elle.

Pour commencer, elle raconte à Darren Versiga que, si elle a décidé un jour d'arpenter le trottoir de Carver Village, c'est seulement parce qu'elle n'a pas eu le choix. Elle était la mère célibataire de trois enfants, elle était seule au monde. Une manière d'expliquer que, lorsque Samuel Little s'est approché d'elle ce soir de Thanksgiving 1981, elle n'aurait jamais pu lui dire non. Elle avait besoin de son argent. Ce qui suit est un autre cauchemar. Lelia McClain décrit la violence de ce qui lui est arrivé avec des détails insoutenables, de ceux qui tétanisent. Son ton, ses mots, ses gestes révèlent la cruauté qui n'est plus celle d'un homme, mais d'un diable.

« Je marchais le long de la rue, j'attendais le micheton. Au volant d'un van marron, il y avait ce mec qui m'a dit : “Eh toi, tu es Bow Legs ?” J'ai dit que oui, c'était moi. Il m'a dit qu'il voulait m'emmener voir un ami à lui. Il n'avait pas l'air débile, mais ce n'était pas un petit-bourgeois, ça c'est sûr. Il avait la voix d'un mec du Delta du Mississippi. Il parlait très lentement.

« Je lui ai dit que l'on ferait ça chez moi, mais il a refusé. Alors on est allés de l'autre côté de la Highway 90, à l'écart du centre de Carver Village. Et là, quand il s'est arrêté, il m'a mis un coup de poing entre les deux yeux. Pendant trois secondes, les lumières se sont éteintes. Il m'a défoncée. Il me tenait la tête avec une main et, de l'autre, il essayait de m'étrangler. Mais *baby*, j'allais pas le laisser m'étrangler. Je résistais. *Good Lord*, il ne m'a pas étranglée. J'ai réussi à sortir du van, mais il m'a rattrapée pour me frapper encore. Ça a duré un gros quart d'heure alors que, juste à côté, il y avait un sacré trafic sur la route. Plein de voitures revenaient des chantiers Ingalls. Alors, *baby*, je me suis dit que c'était ma chance.

Je me foutais bien de me faire renverser parce que, au moins, il ne me tuerait pas. Je me suis barrée par la porte arrière du van, sans pull, sans soutien-gorge et j'ai couru en plein milieu de l'autoroute. Après, je me suis enfuie par les bois, et je suis tombée sur un mec que je connaissais en train de pisser. Ce bon vieux Smokey Patterson. Il était tard et c'était la sortie des bars. Des personnes m'ont recueillie dans leur voiture et m'ont amenée à l'hôpital.

« Je n'avais pas de vraie famille. Alors, après ça, Smokey et ma copine Wanda ont pris soin de moi pendant un mois, jusqu'à ce que je puisse voir correctement. Parce que ouais, mes yeux étaient pleins de sang à cause des coups que j'avais pris. Bordel, quand j'y repense, il a fallu que je me batte comme un chien errant pour rester en vie. C'est la grâce de Dieu qui m'a sauvée, parce que ce type était fort comme un ogre. »

Comme avec Hilda Nelson, Darren Versiga montre à l'ancienne prostituée le portrait de 1977. Malgré son bagou et son vieux cœur de cuir, Lelia McClain manque de partir à la renverse. C'est bien lui, Samuel Little. Pas de doute. Depuis tout ce temps, elle n'avait jamais revu le visage du monstre qui l'avait massacrée sous les phares des voitures de l'autoroute. Dans ses cauchemars, il revêtait une forme abstraite. Elle voulait oublier.

« Pourtant je le reconnaîtrais entre mille, jusqu'à la fin de mes jours. Il me terrifie. »

Lelia McClain sourit, mais c'est simplement parce qu'elle ne veut pas que Darren Versiga la voie pleurer. Dans ses yeux jaunes, une peine dure et sèche brûle. Son pied martelant nerveusement le sol, elle explique que la cour du comté de Jackson n'aurait rien pu faire d'autre à l'époque que de rejeter en bloc son témoignage ainsi que celui d'Hilda Nelson.

« *Baby*, nous n'étions que des prostituées noires. Qui allait nous écouter ? » bredouille Lelia McClain à Darren Versiga dans un dernier sourire.

Pour les juges d'hier, de vieux messieurs blancs dont la plus grande fierté était de descendre en ligne directe d'importantes familles coloniales riches en sucre et en coton, il avait dû en effet être impensable que des filles noires biberonnées à l'eau du caniveau aient pu raconter la vérité à la police. À cause d'une mécanique remontant tout droit des entrailles visqueuses du passé, l'*establishment* blanc se fichait de ce que les Noirs pouvaient dire, et encore plus de ce qu'ils pouvaient vivre.

Quelques années seulement avant que Lelia McClain ne parle à la police, le comté de Jackson et la ville de Pascagoula étaient encore des lieux où la ségrégation raciale battait son plein. Les Noirs n'avaient pas le droit d'accéder aux mêmes rangées que les Blancs dans les théâtres et les cinémas, tout comme ils ne pouvaient pas se désaltérer aux mêmes fontaines publiques. Dans les restaurants, les toilettes étaient séparées. Lorsque le rédacteur en chef du *Pascagoula Chronicle* commença à publier dans ses pages une section dédiée à l'actualité noire locale, des membres du Ku Klux Klan mitraillèrent les fenêtres de sa maison et mirent feu à une immense croix en bois dans son jardin.

La résignation de Lelia McClain fait écho à ce que l'inspecteur Versiga a pensé très fort le jour où il s'est emparé de l'histoire de Jane Doe. Si personne n'a cherché à savoir qui elle était pendant toutes ces années, si on a fini par l'oublier, c'est certainement parce qu'elle était noire, elle aussi. Darren Versiga n'a pas connu la ségrégation, mais il sait bien ce qu'est la banalité du racisme sudiste. Il se souvient de sa grand-mère maternelle. Ce n'était pas une mauvaise bougresse. Simplement, elle avait de tristes réflexes transmis de génération en génération. Quand un gamin noir traversait son jardin en courant pour attraper le bus de l'autre côté de la rue, elle sortait de chez elle en trombe, un vieux pistolet de famille à la main, pour crier :

« Si je te revois, je tirerais dans ton gros derrière de Nègre ! »

À l'époque où Darren Versiga était au lycée de Pascagoula, les rares Noirs du bahut se gardaient bien de fréquenter les autres élèves, tous blancs. On n'était pas copains à la cantine. On ne flirtait pas sur les bancs. Les matchs de football américain contre l'équipe rivale du lycée de Moss Point, où la majorité était noire cette fois, se transformaient souvent en règlement de comptes. Les joueurs s'écharpaient en s'attrapant par le col, ils s'échangeaient des gifles et se roulaient par terre. Très souvent cantonné au banc de touche à cause de ses piètres qualités au football, Darren Versiga courait se battre. Tous ses coéquipiers y allaient et il suivait, comme souvent à l'adolescence, sinon on l'aurait sifflé à l'heure de la douche.

Pourtant, il s'en fichait de ces histoires de couleur. Les plaies du passé n'étaient pas les siennes. À ses yeux, les Noirs d'ici étaient exactement comme lui. Ils avaient en commun le Mississippi, le soleil, le bayou et le goût de la friture. Il n'en fallait pas plus. Dans le bus qui le ramenait du stade au centre-ville, le jeune Versiga remarqua un garçon de Moss Point. À force, les deux adversaires, le Blanc et le Noir, commencèrent à s'adresser la parole, ils s'assirent l'un à côté de l'autre et, bientôt, devinrent bons amis. C'était normal. Comme il est normal que Darren Versiga s'intéresse aujourd'hui au mystère de Jane Doe. Pour lui, elle n'est pas une Noire. C'est une fille de chez lui.

Au Pascagoula Police Department, les recherches de l'inspecteur commencent à faire jaser. On ne comprend pas bien pourquoi il s'échine à enquêter sur une affaire qui, dans les faits, échappe à sa juridiction. Bon sang, Jane Doe n'a pas été retrouvée en ville. Comme au temps de Jackie Walker Jr., cela devrait être au bureau du shérif de s'en occuper, et à personne d'autre. On finit par l'accuser de négliger les affaires courantes de la brigade criminelle. Comme si, portant son cold case en étendard dans les couloirs du commissariat, il préférait être un historien plutôt qu'un policier. Sur son passage, certains de ses collègues de service froncent les sourcils. Ils cracheraient par terre s'ils le pouvaient. Jusqu'à ce que la sanction tombe sur Darren Versiga. Dans son évaluation annuelle, le capitaine de la brigade criminelle lui adresse un blâme pour ne pas avoir envoyé un rapport à l'heure. Un dossier minable, encore un.

À Pascagoula, Joseph Wash avait appris que son fils handicapé, coincé sur un fauteuil roulant, avait été mis en joug avec un pistolet par Joseph White. Ce n'était finalement qu'une rumeur, mais ça n'avait pas empêché le premier Joseph de venir tuer le second, sur le seuil de son appartement, d'une rafale de balles. Darren Versiga avait eu toutes les peines du monde à finir son rapport, car les témoins qui lui avaient permis de boucler l'enquête avaient ensuite tardé à enregistrer leurs dépositions. Il avait fallu courir après les uns et les autres.

Ce blâme est le tout premier de sa carrière, et Darren Versiga le trouve totalement disproportionné. Plus il y pense, plus il est convaincu que c'est une manière de lui dire qu'il ferait mieux de ne plus perdre son temps avec cette fichue Jane Doe. On l'a puni parce qu'il veut bien faire, peste-t-il. Mais il s'en fiche. Il ne lâchera pas.

L'affaire envahit sa vie privée. À la maison, la grande table de la salle à manger est désormais recouverte d'éléments du dossier : des classeurs, des fichiers et des boîtes qu'il faut constamment remettre en ordre. Drew, le cadet, s'amuse en répétant à tue-tête le nom de Samuel Little comme il le fait d'ordinaire avec les personnages de son dessin animé préféré. Le soir, au lit, Darren Versiga repasse encore ses notes pendant que sa femme, le nez sous la couette, regarde la télé. Et quand elle finit par s'endormir en oubliant d'éteindre, il poursuit sa lecture.

Son enquête est devenue une échappatoire. Il s'immerge jusqu'à la lie dans l'histoire de Jane Doe pour ne plus voir ce qui se passe chez lui. Dans la maison d'Orchard Road, les murs se gondolent. Le sol en béton ciré est taché par la peinture du plafond, qui coule. Ce qui devait être un dressing n'est qu'une pièce nue où le bazar s'empile. À l'extérieur, dans l'herbe touffue qui borde le perron en bois craquelé, une large palette de briques semble prendre racine. La bâche trouée qui la recouvre est gorgée d'une eau de pluie qui a viré au noir. C'est une maison neuve, mais on dirait qu'elle est en ruine. Darren Versiga n'a plus assez d'argent pour en faire ce qu'il voulait au départ. La construction de la maison lui a tout pris. Chaque soir, quand il se gare devant le jardin qui n'en est même pas un, la honte le prend. Il s'en veut de ne pas avoir pu faire mieux pour sa femme et ses enfants.

Cette enquête l'empêche de trop penser à sa déveine, à la catastrophe qui est la cause de tout ça. S'il a dû sacrifier ses maigres économies pour bâtir une maison à la hâte, c'est parce que la précédente a été saccagée, dévorée, terrassée par un ouragan. L'ouragan Katrina.

6

La ville de Pascagoula est damnée : elle se situe pile sur le passage des cyclones. Face au golfe du Mexique, elle subit depuis toujours la colère des courants chauds venus des Caraïbes. Chaque année, entre juin et novembre, la saison des ouragans s'abat sur ce morceau de terre sans défense.

Certains ouragans hantent la mémoire collective comme une plaie d'Égypte. Le 4 septembre 1772, une tempête rasait d'un coup l'importante plantation de La Pointe-Krebs. Après son passage, il ne restait que quelques tiges de blé, les maisons avaient perdu leur toit, et la vieille forge, qui faisait la fierté des propriétaires, avait disparu. Le 12 août 1860, le beau fortin que l'on avait érigé sur la côte, ainsi que l'hôpital militaire, et le cimetière où reposaient les soldats morts au cours de la guerre contre le Mexique, furent tous engloutis d'un trait. Le 11 juillet 1901, le souffle de la catastrophe fut si bruyant qu'un habitant de Pascagoula, le pauvre Livaudais, se tira une balle dans la tête parce qu'il devenait fou.

Le 19 août 1969, alors qu'il était gamin, Darren Versiga se retrouva aux premières loges pour voir passer un ouragan que les climatologues avaient décidé de baptiser Camille. Ce jour-là, toute la famille alla se réfugier du côté de la cour de justice du comté de Jackson. Un épais bâtiment de marbre et de ciment tenu par six imposantes colonnes, qui était certainement le plus solide du Mississippi. Dehors, la poussière de la rue tourbillonnait dans l'air. De là où il était, Darren Versiga regardait, à travers la fenêtre, un petit point rouge qui semblait voltiger dans l'air. Il s'agissait de la grande antenne radio de la ville que le vent secouait violemment. D'un coup, le courant fut coupé dans le grand hall où les Versiga s'abritaient. Il faisait incroyablement chaud et, blottis les uns contre les autres, les gens suaient à grosses gouttes. De niveau cinq sur une échelle allant, justement, jusqu'à cinq, l'ouragan Camille déploya sur la ville des vents record fonçant à 220 km/h. Cinq heures durant, elle s'appliqua à désosser les monumentales plateformes pétrolières situées à quelques encablures au large de Pascagoula et elle aplatit chaque quartier, chaque rue et chaque enclos de la ville. Chez les Versiga, l'arbre centenaire du jardin sur lequel les enfants avaient l'habitude de grimper pour voir le ciel d'un peu plus près, ce géant à l'écorce dure comme du fer que l'on croyait indestructible, s'effondra en un rien de temps.

Darren Versiga vécut les malheurs de Camille à la manière d'un grand spectacle. Il avait aimé les hurlements du vent, la lumière qui jaillit du ciel noir et le bruit de la pluie martelant le macadam comme des lames dardant le monde. De son point de vue de petit garçon, cela avait été une aventure et, depuis cette nuit d'été 1969, Darren Versiga accueillait toujours avec une excitation candide le passage d'un nouvel ouragan. Plusieurs fois, tandis que la ville entière filait se réfugier dans l'arrière-pays du comté, il s'était débrouillé pour rester afin d'admirer au plus près toute la beauté de la punition infligée au monde par la nature. Dans son téléphone, il collectionnait avec soin les photos d'éclairs et de tourbillons. Camille, Cedric, Frederic, Georges. Il aimait évoquer les ouragans qu'il avait traversés en les appelant simplement par leurs prénoms, un peu comme s'il parlait de vieux amis dont il gardait un souvenir heureux.

À la fin du mois d'août 2005, les météorologues brandirent encore une fois le drapeau rouge. Après avoir secoué la pointe de la Floride d'est en ouest, un ouragan du nom de Katrina avait subitement repiqué au nord pour prendre la direction des côtes du Mississippi. Il allait bientôt s'abattre sur Pascagoula.

Darren Versiga persuada sa femme, Jessica, de rester à la maison avec leurs enfants. Il riait et haussait les épaules : pour lui, cet ouragan était la promesse d'un nouveau spectacle. À l'époque, l'inspecteur, reconverti depuis peu en détective privé, et sa famille recomposée, habitaient dans la vieille maison d'Orchard Road rachetée à une moindre somme à ses grands-parents. C'était une charmante bâtisse en bois et en crépi des années 1950 surmontée d'un étage avec trois hautes fenêtres et coiffée d'un toit à double pentes. Au milieu des arbres et des fleurs, elle bordait un étroit bayou où l'eau s'écoulait tout doucement, sans jamais déborder. La veille de l'impact, Darren Versiga entreprit de rapatrier chez lui tout ce que son jardin comptait de sacs et de rondins. Il s'affaira sans trop se presser, en sifflotant presque, tandis que le ciel s'assombrissait et que de grosses bourrasques faisaient bruisser les feuilles. Il ne prit aucune autre précaution. Il ne recouvrit même pas ses fenêtres de grandes planches en pin massif, comme il avait toujours vu ses parents le faire. Il se disait que si la maison familiale avait tenu le coup par le passé, alors elle n'avait rien à craindre de Katrina. Elle était solide comme une arche.

Darren Versiga attendit la tempête en regardant la télévision, affalé sur le canapé. Près de lui, Jessica donnait le biberon au bébé, Drew, qui avait tout juste un an. Alors que Keleigh, la fille aînée de l'inspecteur, était chez sa mère, les jeunes adolescents Manuel et Kyla jouaient dans leur chambre.

Il faisait nuit maintenant. Le foyer des Versiga était la seule lumière que l'on pouvait distinguer à travers le noir épais d'Orchard Road. Il n'y avait plus personne, ni dans les grandes maisons gardées par de vieilles boîtes aux lettres en fer dont le clapet pendait toujours comme une bouche ouverte, ni dans les mobil-homes noyés sous des amas de vieux mobilier et de ferraille. Les gens étaient partis en catastrophe se réfugier là où ils le pouvaient, loin, très loin, au nord du comté de Jackson. C'est que Katrina était devenu monstrueux. Renforcé par les eaux chaudes qu'il avait survolées en remontant le golfe du Mexique, l'ouragan était passé en seulement quelques heures de l'habituelle menace de catégorie 3 au danger mortel de catégorie 5. Du jamais vu, ou presque, dans les parages. Preuve ultime que c'était bien l'enfer qui arrivait, la hiérarchie militaire des chantiers Ingalls avait ordonné que ses frégates les plus précieuses, les USS *Stephen W. Groves* et *John L. Hall*, prennent immédiatement la mer. Au large, elles pourraient manœuvrer afin d'essuyer la tempête. Puis elles reviendraient vers la côte, pour apporter une aide humanitaire à l'heure des dégâts. Parce qu'il y en aurait, c'était certain. Tout le monde en était terriblement conscient, sauf Darren Versiga et sa famille.

Le 29 août 2005, à 7 h 10 précises, l'ouragan Katrina s'abattit violemment sur Pascagoula. Les rafales de vent étaient si monstrueuses que les instruments chargés de les mesurer se déréglèrent d'un coup. Sur leur passage, elles soulevèrent la mer comme si on épluchait la peau du monde. Une succession de vagues plus hautes que les chevalements des vieilles fermes alentour se fracassèrent contre la côte. Dans le même temps, le ciel, déchiré par le tonnerre, déversait la cataracte violente de la mousson sans discontinuer. L'eau engloutit bientôt tout sur son passage. Ses flots bouillonnants recouvrirent les routes, les rails du chemin de fer, les champs, les terrains vagues, les stations-service, les concessionnaires automobiles, les bars, les maisons. Depuis le deuxième étage de l'hôpital Singing River, certainement le bâtiment le plus imposant de Pascagoula, on ne voyait plus rien à l'horizon.

L'ouragan attaquait sa maison de toutes parts, et Darren Versiga ne se faisait plus d'illusions : à ce rythme, sa maison allait y passer, c'était une question de temps. Les traits de son front se plissèrent. Un lourd sentiment de culpabilité le submergea. Il comprit que sa témérité n'était en réalité qu'une inconséquence crasse. En voulant toucher la beauté de l'ouragan, il avait mis sa famille en danger. L'eau l'arracha à ses pensées. Elle rentrait dans la maison en passant sous la porte d'entrée. Il fallait faire vite. L'inspecteur se démena pour monter à l'étage la longue table vernie du salon, les épais fauteuils en peau de vachette et surtout le grand téléviseur, le plus précieux de ses trésors. Cela ne servirait sûrement à rien. L'eau s'infiltrait maintenant par les interstices des fenêtres et les grilles de l'air conditionné. Elle montait. Les remous de l'inondation ne grondaient pas dans la maison, elle l'engloutissait en douceur. En une poignée de minutes à peine, la famille Versiga se retrouva immergée jusqu'aux cuisses. Ils coururent se mettre en sécurité tout en haut de la maison, au grenier, en espérant que l'eau n'ait pas la cruauté de monter jusque-là. Darren Versiga serrait comme il pouvait dans ses gros bras sa femme et ses enfants. La charpente de la vieille maison craquait de tout son long dans un bruit de caravelle échouée. Soudain, un coup de vent dépeça le toit de la maison jusqu'à fendre le plafond. Levant la tête, Darren Versiga aperçut la foudre entre les nuages. Il était terrifié.

L'eau ne s'arrêtait pas et, bientôt, l'inspecteur et sa famille risqueraient de se noyer dans les combles. Darren Versiga songea à abattre un pan du plafond avec ses poings et ses coudes afin de se réfugier sur le toit. Il se ravisa. Il serait certainement plus malin de trouver un objet flottant sur lequel sa femme et ses enfants pourraient s'installer comme sur un radeau. Il pensa au gros jet-ski qu'il s'était offert des années plus tôt pour foncer tout droit dans le bayou et qu'il avait fini par laisser rouiller au fond du jardin.

Le jet-ski était ce qu'il y avait de plus sûr pour tenir le coup contre la tempête. Plus qu'un radeau, ce serait un canot de sauvetage. L'inspecteur dévala quatre à quatre les escaliers de sa maison et, une fois dehors, se laissa saisir jusqu'à la poitrine par les eaux noires. Le bouillon de la tempête était épais et visqueux. Toutes sortes de détritus flottaient à la surface. On aurait dit que le monde entier venait de fondre le long d'Orchard Road. Il faisait drôlement jour, aussi. Mêlée au vent et à la pluie, la vive lumière du ciel semblait irréelle. Les courants avaient emporté le jet-ski jusqu'à l'extrémité du jardin où il buttait contre un arbre. L'inspecteur inspira un grand coup et se mit à avancer dans la vase. Filant comme le long d'une ligne droite imaginaire, rassemblant toutes ses forces pour bomber le torse, il ressemblait à un gros funambule au milieu du vide. À chacun de ses pas, il craignait de heurter la clôture aiguisée de son jardin qui avait été engloutie dès les premières minutes de la tempête. Une blessure et c'était l'infection assurée. Quand Darren Versiga s'agrippa enfin au jet-ski, il n'avait presque plus pied. Après avoir repris son souffle, il repartit en sens inverse, tirant la machine derrière lui. Ses doigts lui faisaient mal, mais il ne pouvait pas s'arrêter. Il fallait qu'il conserve une allure régulière sous peine de dériver. Tandis qu'il se rapprochait laborieusement de la maison, Darren Versiga pensa à Drew. Son fils pouvait disparaître à tout moment. C'est alors qu'il vit flotter une petite combinaison de sauvetage pour enfant qu'un mobil-home voisin avait dû vomir pendant que l'ouragan le mettait sens dessus dessous. Un miracle. Darren Versiga s'empressa de la repêcher. Tout à coup, il fut convaincu qu'il n'arriverait rien à son fils et se sentit plus léger. Avec l'agilité d'une bête d'eau douce, il rejoignit rapidement la maison. Contre un pan de mur qui le protégeait du vent, l'inspecteur installa sur le gros siège du jet-ski Jessica, Kyla et le petit Drew, désormais vêtu de la fameuse combinaison. Quant à lui et Manuel, l'aîné, ils se serrèrent dans l'eau en tenant fermement la main des autres. Dans une sécurité précaire, la famille grelottait sous le léger crachin qui avait succédé à la pluie drue. Personne ne parlait. Parfois, un écho de la tempête faisait tanguer dangereusement le jet-ski, et il fallait serrer les dents. Tous ensemble, ils attendirent pendant plusieurs heures. Lorsqu'ils virent enfin les débris remonter à la surface, morceaux de bois, pièces de tuyauterie, livres, vêtements et tout le reste, ils comprirent que l'eau commençait à redescendre. La tempête était finie. L'ouragan Katrina avait poursuivi sa route vers l'ouest et s'occupait à présent d'anéantir les faubourgs les plus vulnérables de La Nouvelle-Orléans. Sur Orchard Road, des voitures gisaient la tête la première dans le bayou. La maison de la famille Versiga tenait encore debout. Son vieux bois semblait avoir résisté à la force du monstre qui venait de passer. En réalité, elle n'était qu'une coquille boursouflée. Montée jusqu'à deux mètres, l'eau n'avait fait qu'une bouchée de ce qu'il y avait à l'intérieur. Au milieu du salon, le beau tapis crème que Darren Versiga avait offert à sa femme flottait comme un lambeau de peau morte. Dans la chambre conjugale, le lit ressemblait à un vieil animal des mers étouffé par les algues. Les beaux trophées de tir de l'inspecteur, les bibelots, les photos et les vieux films sur pellicule, tous les souvenirs de la famille formaient ensemble une pâtée indéchiffrable qui se désagrégeait entre les mains. Darren Versiga eut le sentiment que l'ouragan avait effacé tout ce qu'il était, en plus de lui avoir tout pris. Désœuvré au milieu du chaos dégoulinant, fripé comme un vieux chiffon mouillé, l'inspecteur hoqueta en se disant que tout ça était de sa faute. Sa femme et ses enfants auraient pu mourir par sa faute et il ne savait pas s'il pourrait un jour se le pardonner. Il sursauta. Un hululement infernal résonnait dans la rue. Comme un rappel que le monde était aux abois, l'alarme d'une des voitures vautrées dans le bayou s'était mise à sonner.

Dans la tranchée poisseuse d'Orchard Road, une voiture spéciale à six roues de la police finit par apparaître dans un lent mouvement similaire à celui d'un brise-glace au milieu de la banquise. N'arrivant pas à joindre Darren Versiga, sa première femme s'était empressée d'appeler les secours. L'inspecteur et sa famille furent pris en charge et convoyés en urgence au centre de secours que l'on avait monté à la hâte sur les dernières hauteurs sèches de Pascagoula. Sur la route, et alors que le ciel recouvrait peu à peu son bleu habituel, Darren Versiga eut bien du mal à reconnaître sa ville.

Au centre d'aide, l'inspecteur, une couverture de survie sur les épaules et l'estomac rempli de café chaud, essaya en vain de réserver une chambre d'hôtel pour la nuit. Tout ce que Pascagoula comptait de nouveaux sans-abri avait eu la même idée, et il n'y avait plus de place. Les beaux-parents de Darren Versiga vinrent récupérer la famille à bout de forces pour les ramener chez eux, à une poignée de miles au nord, dans le bourg d'Escatawpa que, bizarrement, Katrina n'avait fait qu'effleurer. Darren Versiga put enfin prendre une douche. Sous l'eau chaude, il se frotta frénétiquement le corps jusqu'à en saigner. Il cherchait à se laver d'une chose qui n'existait que dans son esprit. La tristesse, l'abattement, la culpabilité. Après avoir jeté ses vêtements à la poubelle, il enfila un tee-shirt et un jogging qui grattait.

Au chaos des décombres s'ajouta celui de la misère et de la colère. Il n'y avait plus rien à acheter dans les épiceries. Les restaurants de sandwichs et de crustacés étaient fermés. À cause des maisons, des arbres, des voitures et des bateaux qui obstruaient les autoroutes, les camions chargés des vivres d'urgence tardaient à arriver. Les gens avaient faim. Ils maudissaient de tous les noms l'Agence fédérale des premiers secours, l'administration nationale censée superviser les situations d'urgence liées au passage d'un ouragan. Ils pestaient contre son inconséquence, répétaient qu'elle s'était toujours fichue de leur sort. Dans un élan de générosité, l'hôtel La Font Inn organisa sur son parking des distributions de plats chauds. Ce fut la cohue. On se bagarra pour un peu de poulet et de gratin. Dans les rares stations-service dont les lumières étaient allumées, il ne restait plus une goutte de carburant. Pour faire le plein, il fallait rouler au moins cinquante kilomètres en passant par des voies de campagne jalonnées de profondes flaques d'eau. Quand les quelques banques de la ville rouvrirent, des queues interminables se formèrent sur leur seuil. De nombreux clients venaient retirer la totalité de leurs économies, avant de prendre la route et de s'en aller le plus loin possible.

Enfin, les convois de l'Agence fédérale des premiers secours arrivèrent. En plus du ravitaillement tant attendu, ils livrèrent des caravanes d'appoint dans lesquelles ceux qui avaient tout perdu dans la tempête pourraient prendre leurs quartiers le temps de se retourner. Au prix de pénibles démarches logistiques, la famille Versiga parvint à récupérer les clés de l'une d'entre elles, qu'elle fit garer juste devant l'épave de leur maison. Ce n'était pas bien grand, on se marcherait un peu dessus, mais ça ferait l'affaire. C'était un bon début. La nuit, Darren Versiga entendait le vent qui faisait tomber les dernières ardoises du toit de la maison et, chaque matin, il découvrait que l'on était venu voler ce qu'il restait à voler chez lui : des câbles et des pans de murs. Depuis la fin de la tempête, des pillards, qui parfois habitaient juste en face, s'appliquaient à désosser les ruines de la ville pour gagner un peu d'argent au marché noir. Tandis que quelque 1 600 militaires de la Garde nationale du Mississippi étaient déployés dans les rues de la ville pour mettre fin à ces tristes razzias, Darren Versiga se mit à veiller devant chez lui une arme à la main. « Si tu pilles, je tire », avertissaient les panneaux en carton que certains habitants de Pascagoula avaient plantés devant leurs portes. Cependant, les tours de garde ne purent rien contre la propagation de la moisissure sur les murs en bois. L'inspecteur dut vite se rendre à l'évidence : la maison qui avait fait le bonheur de ses grands-parents puis le sien était dans un trop mauvais état pour qu'il puisse un jour la retaper à neuf. Il n'y avait pas d'autre solution que de la détruire. Katrina avait gagné. Des ouvriers, avec le même regard blasé que des croque-morts, s'occupèrent de faire le travail avec des marteaux burineurs et une grosse pelleteuse plus bruyante encore que l'ouragan. Dans leur grand ménage, ils balancèrent dans une benne à ordures le jet-ski qui avait sauvé Darren Versiga et sa famille.

Sitôt les derniers décombres de la maison débarrassés, l'inspecteur voulut la rebâtir à l'identique et au même emplacement. Mais pour réaliser son nouveau rêve, il avait besoin d'une somme d'argent bien plus importante que les économies qu'il s'était constituées grâce à son cabinet de détective privé. En tant que victime de Katrina, il obtint facilement un prêt de 330 000 dollars auprès de la Small Business Administration. Cette banque dépendant du gouvernement fédéral distribua plus de 2,5 milliards de dollars dans tout le Mississippi à des familles et à des petits entrepreneurs qui avaient tout perdu. Avec son pactole, Darren Versiga lança immédiatement les travaux sur Orchard Road. Une pelle d'un côté et une scie de l'autre, il y mit toute sa sueur, aidé de petites mains de chantier recrutées sur les bancs d'une église voisine. En quelques semaines, la maison sortit de terre. De longues lattes de bois rustique assemblées sur une armature en dur, des fenêtres comme de grands yeux et une toiture de vieille ferme : s'ils avaient été encore vivants, les grands-parents Versiga n'y auraient vu que du feu. Enfin, presque. Un important détail de construction différenciait la nouvelle bâtisse de l'ancienne. Afin d'affronter les prochains ouragans, elle se tenait solidement sur des fondations hautes de deux mètres constituées de vingt couches de briques rouges. Un perron confectionné avec des pièces de bois irrégulières ramassées dans la clairière voisine permettait d'accéder à l'entrée. Alors qu'il restait encore à aménager l'intérieur de la maison, les comptables de la Small Business Administration décidèrent du jour au lendemain de reprendre 160 000 dollars à la famille Versiga. Ils arguèrent que leur prêt de départ avait été surévalué. Impossible de négocier. Leur budget amputé de moitié, Darren Versiga et Jessica n'étaient plus en mesure de poursuivre les travaux et, en l'état, ils ne pouvaient pas emménager. L'inspecteur alla faire des courbettes dans toutes les banques du comté ayant pignon sur rue pour obtenir de quoi relancer la machine. D'un guichet à l'autre, on l'envoya paître sans même lui laisser le temps de s'expliquer. La situation économique locale était à ce point cataclysmique que personne ne voulait prendre le risque de débloquer de l'argent pour un petit particulier comme Darren Versiga sans autre garantie que son honneur.

Le temps passa. Des semaines, des mois et puis des années. Mis en sommeil depuis le passage de Katrina, le cabinet d'enquête privé de Darren Versiga reprit peu à peu du service. Ses premiers revenus permirent de quitter la caravane d'urgence pour s'installer dans un appartement à deux chambres dans une résidence neuve spécialement construite pour les gens qui ne se remettaient toujours pas de l'ouragan. Il n'était pas vraiment fini et les Versiga durent patienter longtemps avant qu'on leur livre une cuisinière, un lave-vaisselle et un évier. En 2007, ils vivaient toujours à cette adresse lorsque naquit le dernier enfant de la famille, la petite Reagan. Désormais, ils habitaient à cinq dans un logement étroit.

À force de palabres et de gesticulations, Darren Versiga parvint à convaincre un conseiller de la banque First de lui prêter 60 000 dollars. Ce n'était pas grand-chose et le taux d'emprunt n'était pas avantageux, mais à l'heure du rebond il fallait savoir se satisfaire de tout. Darren et

Jessica Versiga, qui ne pouvaient plus payer d'ouvriers, firent ce qu'ils purent sur le chantier. Ils apprirent le travail d'électricien et de plombier. Ils posèrent les joints et ils câblèrent les murs au doigt mouillé. Les installations étaient bancales, mal soudées ou mal raccordées. Ils n'y attachèrent pas d'importance. Ce qui comptait, c'était d'avancer coûte que coûte. Dès que la maison leur parut à peu près vivable, ils s'empressèrent d'emménager, enfin. C'était l'année 2009, une éternité depuis le passage de l'ouragan Katrina. Darren Versiga pensait qu'il pourrait dorénavant aménager petit à petit sa maison. Il voulait profiter de ses soirées et de ses jours de relâche pour façonner sereinement un endroit chaleureux où il vivrait jusqu'à la fin de ses jours. Il y avait encore tant de choses à peindre et à poncer, la décoration manquait et l'inspecteur ambitionnait aussi de bâtir avec ce qui lui restait de briques une terrasse semblable à celle des belles maisons du centre historique de La Nouvelle-Orléans.

Mais rien ne bougea. La maison resta la même qu'au premier jour de leur emménagement, mal finie, bâtie à l'emporte-pièce. Comme une nouvelle tempête, la crise économique chamboula la vie de la famille d'Orchard Road. Darren Versiga dut renfiler l'uniforme à contrecœur pour une paye qui suffisait à peine à manger des hamburgers. Avec sa femme, ils avaient mal compté et n'avaient plus d'argent. Ils n'avaient plus de temps non plus et encore moins de force. Devant la maison, les dernières briques du chantier restèrent ficelées sur leurs palettes. Puisque la terrasse n'était en fin de compte qu'un vœu pieux, elles ne servaient plus à rien. Quelques mois plus tard, l'inspecteur Versiga se mettait à enquêter sur la Jane Doe du sous-bois de Moss Point.

7

Une journée de 2012, à Pascagoula, sur la route sinueuse qui mène aux terrains grillagés de Chevron, un conducteur roulant à une vitesse de highway, le coude à la fenêtre et la cigarette au coin de la bouche, percute de plein fouet un vieux pêcheur à vélo avant de prendre la fuite. Tandis que la victime, bien amochée, est rapidement transportée vers une clinique du comté de Mobile, l'inspecteur Darren Versiga est dépêché sur les lieux de l'accident afin d'effectuer les constatations nécessaires à l'ouverture d'une enquête. Sous un soleil d'enfer qui lui tabasse la nuque, il s'accroupit pour examiner le vélo en miettes. Il est seul. Sa silhouette est comme une ombre perdue dans l'air épais, au milieu des champs et des marais. Cela fait plusieurs mois maintenant que son travail sur Jane Doe patine. Malgré tous ses efforts, toute sa dévotion, il n'a rien trouvé qui puisse le mener à un nom. La piste Samuel Little semble être un cul-de-sac. À court d'idées, Darren Versiga n'a plus que la routine des tracas de Pascagoula pour s'occuper. Le nez sur le macadam brûlant où les traces du chauffard fondent peu à peu, Darren Versiga reçoit un appel de Kenny Johnson, son chef.

« Allô, Versiga, est-ce que vous connaîtriez par hasard un individu répondant au nom de Sam Little ?

— Bien sûr !

— Dites m'en plus.

— C'est un tueur, certainement un serial killer, qui est passé par chez nous il y a longtemps.

— On a des victimes ?

— On en a. La prostituée Melinda LaPree, en 1982, et peut-être une autre, aussi.

— Retrouvez-moi tout de suite au poste de police, Versiga. Il faut qu'on parle. Vous venez de recevoir un coup de fil de Californie. On vous demande de rappeler d'urgence. Quelque chose à propos d'une nouvelle piste dans cette affaire. »

Revenu en trombe avec ses notes sur l'accident en boule dans la poche arrière de son pantalon, l'inspecteur se retrouve au téléphone avec une enquêtrice haut gradée du célèbre Los Angeles Police Department. La dénommée Mitzi Roberts explique sur un ton laissant deviner un sourire qu'elle a des choses à lui raconter sur Samuel Little. Darren Versiga sent son pouls cogner fort derrière ses yeux.

« Recommençons depuis le début si vous le voulez bien », ajoute la policière de la grande ville.

Ancienne barmaid de mauvais pubs et surfeuse assidue au coucher de soleil, l'inspectrice Mitzi Roberts fait partie de la Cold Case Special Section de la police de Los Angeles. Financée par une bourse fédérale, cette unité est chargée de passer les traces d'ADN récupérées dans de vieilles enquêtes au crible de toutes les bases de données possibles.

Au cours de ses dernières recherches, Mitzi Roberts s'est intéressée à deux affaires de la fin des années 1980. Guadalupe Apodaca et Audrey Nelson étaient des prostituées. Le corps de la première, 46 ans, avait été découvert dans un garage abandonné. Elle portait pour seul habit une chemise qui, déchirée dans la largeur, laissait voir sa poitrine violacée. La deuxième avait 36 ans et elle n'avait sur elle qu'un sweat lorsqu'on l'avait retrouvée en position fœtale dans la benne à ordures d'un restaurant chinois.

Elles étaient toutes les deux mortes étranglées. Les quelques similitudes que partageaient leurs cadavres suffirent, des années plus tard, à titiller le flair de Mitzi Roberts.

L'inspectrice demanda de nouvelles expertises scientifiques. Du sperme identifié sur la chemise de Guadalupe Apodaca ainsi que de la peau récupérée sous les ongles d'Audrey Nelson permirent d'établir un profil ADN masculin commun. Autrement dit, il existait de fortes probabilités que les deux femmes aient été tuées par le même homme. La moulinette de la foisonnante base de données de la police de Los Angeles ne tarda pas à livrer un nom. Cet ADN appartenait à un repris de justice de la ville condamné, entre autres, pour agression sexuelle. Samuel Little.

Aussitôt, Mitzi Roberts fit de cette affaire une priorité. Plus elle collecterait d'informations, mieux elle pourrait établir la culpabilité de son suspect. Elle écuma donc les rapports d'arrestation et les registres carcéraux en ligne, elle déchiffra les annuaires d'immatriculations automobiles, appela toutes les polices du pays et finit par dresser un profil terrifiant.

Samuel Little, ou Samuel McDaniel, Willie May Clifton, Willie Lewis, comme il semble s'être fait appeler au gré de ses humeurs, était né en 1940 dans un hameau de la Géorgie noire et miséreuse cernée par la brousse. Très jeune, il partit vivre chez sa grand-mère, à Lorain, une ville d'usines et d'orages dans l'Ohio. À 16 ans, il fut arrêté pour le vol d'un vélo. Après un court passage en garde à vue, on l'envoya en pension en espérant qu'il ne devienne jamais une mauvaise personne. Il faut croire que c'était déjà trop tard. Durant les décennies qui suivirent, Samuel Little collectionna les arrestations et les condamnations comme on remplit un panier de courses : conduite en état d'ivresse, sollicitations de prostituées, vols à l'étalage, agressions sur des policiers, escroqueries, braquages et pire encore.

Le 11 septembre 1976, à Sunset Hills, dans le Missouri, une prostituée en détresse, du nom de Pamela Kay Smith, frappa à la porte du premier pavillon trouvé sur son chemin. Elle avait les mains attachées dans le dos par du câble et de la corde. Elle était nue sous la ceinture. Aux policiers qui vinrent l'interroger, elle raconta qu'elle était montée dans la voiture d'un homme qui l'avait mordue, frappée et étranglée jusqu'à ce qu'elle s'évanouisse. Quand elle s'était réveillée, il l'avait sodomisée. Elle se demandait encore comment elle avait pu s'échapper. Dans cette affaire, le premier suspect que les enquêteurs arrêtèrent fut Samuel Little. Il avoua avoir eu affaire à la prostituée.

« Je l'ai seulement amochée », dit-il, goguenard.

Condamné uniquement pour agression, il purgea une peine de trois mois de prison avant d'être libéré.

Au cours de l'automne 1982, Samuel Little fut soupçonné du meurtre de la fameuse Melinda LaPree à Pascagoula, avant d'être innocenté contre toute attente. La même année, il y eut un épisode qui lui valut d'être extradé en Floride. À Gainesville, la police retrouva le corps de Patricia Ann Mount dans un champ. Un témoin raconta avoir vu la jeune handicapée mentale quitter un bar au bras d'un homme qui s'appelait Samuel Little et qui était le propriétaire d'un van aux portes lambrissées. Le suspect devint le coupable tout trouvé lorsqu'un examen révéla que les quelques cheveux retrouvés sur les vêtements de la morte lui appartenaient. Samuel Little fut incarcéré dans une prison de comté. Pourtant, de manière surprenante encore, la justice finit par conclure qu'elle ne disposait pas de preuves assez tangibles pour le condamner définitivement. On décida de l'acquitter et de le relâcher.

Enfin, au mois d'octobre 1984, la police de San Diego, en Californie, interpella Samuel Little alors qu'il était en train de rosser la prostituée Tonya Jackson, à l'arrière de sa Thunderbird noire, une voiture longue comme un corbillard.

Inculpé pour viol et agression, il se retrouva ensuite avec une deuxième affaire en ville sur le dos. La prostituée Laurie Barros l'accusait de l'avoir étranglée et laissée pour morte au milieu d'un tas d'ordures un mois plus tôt. Pour ces deux agressions, il y eut un seul et unique procès. Et comme toujours dans son cas, la justice fut bien incapable de rendre un verdict fort. Après deux ans et demi de prison, Samuel Little se débrouilla pour obtenir une liberté conditionnelle au mois de février 1987.

Après son passage en prison, il y avait eu les meurtres de Los Angeles et de nouvelles histoires de violence terrible disséminées à travers le pays. De l'Ohio au Texas en passant par le Kentucky, Samuel Little avait bourlingué sans jamais être véritablement inquiété. Insaisissable comme un fantôme.

De la même manière que Darren Versiga en avait eu très tôt le sentiment, l'inspectrice Mitzi Roberts pensa immédiatement qu'il était l'incarnation du diable. Ses peines réduites et ses acquittements successifs n'y changeaient rien, toutes les affaires graves où son nom figurait dessinaient les contours d'un même procédé qui l'accablait. Des prostituées, la nuit, la voiture, une volée de coups, le viol, puis l'acte d'étrangler. À chaque fois, Samuel Little avait essayé de tuer ou bien il avait tué. Mitzi Roberts en était désormais certaine, il était l'assassin des deux pauvres filles de Los Angeles, tout comme il était celui de Patricia Ann Mount en Floride et de Melinda LaPree dans le Mississippi. Et à ce compte-là, elle pouvait jurer qu'il avait à son actif une quantité d'autres meurtres pour lesquels on ne le soupçonnait même pas.

Cet homme de tous les noms et d'aucune adresse avait dû vagabonder d'une région à l'autre pendant des années pour voler le jour et tuer la nuit. Pour l'inspectrice Roberts, il ne faisait aucun doute que Samuel Little appartenait à ces criminels auxquels le versant le plus hystérique de la culture populaire américaine avait conféré une forme d'aura mythologique. C'était un *serial killer*.

En cherchant à étayer le dossier d'accusation qu'elle comptait présenter bientôt au bureau du procureur de Los Angeles, Mitzi Roberts commença à s'intéresser plus particulièrement à l'affaire Melinda LaPree. D'après ce qu'elle comprenait des documents d'enquête qu'elle avait compilés, deux prostituées avaient témoigné contre Samuel Little en 1982. Elles avaient raconté à la police comment il les avait sauvagement agressées et elles avaient expliqué pourquoi cela faisait de lui le meurtrier désigné de la pauvre LaPree.

Mitzi Roberts voulait connaître le dossier. Au débotté, elle appela la police de Pascagoula, dont elle n'avait jusque-là jamais entendu parler. À la standardiste, elle demanda à parler d'urgence à n'importe quel gradé. Après de longues minutes d'attente, elle tomba sur le fameux Kenny Johnson. Lorsque l'inspecteur en chef entendit le nom de Samuel Little dans le combiné, il demanda sur le ton d'une boutade toute sudiste s'il s'agissait d'un méchant qui tuait du bétail. Autour de son bureau, les différents adjoints qui s'étaient empressés de venir écouter la conversation étouffèrent un ricanement. Ce nom ne disait rien à personne. Mais puisqu'il était question d'un cold case, il y avait à la brigade criminelle un officier qui saurait certainement renseigner l'inspectrice Roberts. Pour une fois, les obsessions de ce satané Versiga serviraient à quelque chose, pensa le commissaire Johnson.

Au bout du fil, Mitzi Roberts finit de raconter son enquête. L'inspecteur Versiga, lui, écoute avec l'excitation de celui qui vient de gagner au loto. Il s'assoit et se relève sans cesse à mesure que les détails s'amoncellent, se laissant bruyamment tomber sur son siège tant il n'en revient pas. Il trépigne, siffle et arrondit les yeux comme lorsqu'on lui présente un joli plateau d'écrevisses au restaurant. Rien ne peut le rendre plus heureux que de savoir qu'à l'autre bout de l'Amérique une inspectrice de la police la plus éminente du pays partage depuis longtemps ses intuitions.

À son tour, il explique à Mitzi Robert que, lui aussi, dans son coin, il essaye de détricoter le parcours de Samuel Little parce qu'il pense que c'est un tueur-né. Il lui décrit le labyrinthe de la salle des archives, la fiche cartonnée d'identité judiciaire et la Ford Pinto que l'on a interceptée un jour à Ocean Springs. Il lui raconte les histoires d'Hilda Nelson et de Lelia McClain, leurs regards et leurs cauchemars. Il évoque Jane Doe parce que tout ce qu'il sait d'elle semble mener à Samuel Little. Il lui explique qu'il a accumulé, annoté, ordonné mille et un documents. Mitzi Roberts n'en croit pas non plus ses oreilles. De tous les policiers qu'elle a appelés depuis le début de ses investigations, Darren Versiga est le premier à savoir de quoi elle parle. Sans détour, elle lui demande s'il serait possible de lui rendre visite à Pascagoula afin d'examiner la somme de ses travaux et en particulier ce qui concerne les dénommées Hilda Nelson et Lelia McClain. Darren Versiga éclate de rire. À Los Angeles, les tympans de Mitzi Roberts cinglent. Quelle question ! Ce serait un honneur. Quand elle viendra, l'inspecteur lui déroulera le tapis rouge. Elle verra ainsi que, contrairement à ce qu'il se raconte, le Mississippi est un pays de gens bien, dit Darren Versiga en riant encore avant de raccrocher.

Le 23 octobre 2012, Mitzi Roberts ne se présente pas les mains vides au poste de police de Pascagoula. Pour remercier l'inspecteur Versiga de sa disponibilité, elle lui offre une tasse à café ornée du sigle du Los Angeles Police Department et aussi une pièce de monnaie de collection décorée du même sigle. Des cadeaux protocolaires qui touchent Darren Versiga. Dans son bureau, ils iront bien à côté de ses médailles et de ses diplômes.

L'inspecteur prend le temps de présenter Mitzi Roberts à son chef. Les chaussures vernies comme pour un mariage et le ceinturon pour une fois bien ajusté, le commissaire

Johnson souhaite la bienvenue à l'invitée en lui jurant, malicieux, qu'elle se trouve ici dans le deuxième meilleur commissariat du monde après celui de Los Angeles. Selon les usages, Mitzi Roberts est ensuite conviée à tenir une brève conférence de travail afin d'expliquer aux membres de la brigade criminelle les raisons qui l'ont poussée à venir jusqu'ici.

Petite, menue, mais le ton rauque et sévère qui met les gens en joug, elle détaille par le menu les horreurs de Samuel Little derrière le pupitre de la salle de réunion qui sert normalement à distribuer les chemins de patrouille. Darren Versiga se tient près d'elle. Son front haut, son cou gonflé dans le col de sa chemise et cette manière qu'il a de soupeser machinalement la crosse de son arme de service disent combien il se sent fier à cet instant. Face à tous ces officiers qui se tiennent au garde-à-vous, face aux portraits en noir et blanc des vieilles gloires de la police de Pascagoula, l'exposé glaçant de l'inspectrice Roberts résonne comme une validation en grande pompe des idées qu'il porte en étendard depuis des mois.

Après les messes basses, après les soupirs, après toutes les critiques, il lui semble que les forces du commissariat se rangent enfin de son côté. On l'écoute maintenant, on le croit. Dans la salle des archives du premier étage, Mitzi Roberts passe ensuite du temps à comprendre et à noter avec la rigueur d'une laborantine chaque découverte de Darren Versiga. Tout y passe, de la première arrestation de Samuel Little en 1977 pour une bricole jusqu'aux souvenirs d'Hilda Nelson et de Lelia McClain qui l'intriguaient tant. Cerise sur le gâteau, l'inspecteur convainc les anciennes prostituées de rappliquer au poste de police afin qu'elles déroulent en personne le fil de leurs vieux traumas devant Mitzi Roberts.

«Racontez-moi comment Samuel Little vous a abîmé les yeux», demande l'enquêtrice à Hilda Nelson.

Les entretiens durent plusieurs heures et à aucun moment l'inspecteur Versiga ne dit un mot. Tapi dans son coin, il est une présence rassurante pour les deux vieilles femmes qui n'arrivent toujours pas à croire que la police peut les défendre et compatir avec elles.

Mitzi Roberts leur promet une chose : un jour, on arrêtera Samuel Little. Seront-elles prêtes ce jour-là à venir témoigner contre lui, à la barre, les yeux dans les yeux ? Elles disent que oui. Ce sera dur, elles auront peur, mais elles pourront enfin envoyer leur bourreau brûler en enfer. Mitzi Roberts demande également à Darren Versiga s'il serait volontaire. Sa connaissance du dossier apporterait une perspective cruciale lors d'un éventuel procès. L'inspecteur accepte sans hésiter. Il en va de son serment de policier. Et puis, dans la tension de la salle d'audience, il aurait la possibilité de voir Samuel Little en chair et en os. Il le jaugerait et pourrait alors se dire si celui que l'on a arrêté à Pascagoula au mois d'août 1977 a, oui ou non, quelque chose à voir avec la mort de Jane Doe du sous-bois de Moss Point.

Une semaine après le passage de Mitzi Roberts, le 2 novembre 2012, le commissaire Kenny Johnson reçoit une lettre portant l'entête du Los Angeles Police Department. Ce sont quelques mots, d'officier à officier, écrits et signés par Charlie Beck, le grand chef du LAPD :

« L'inspectrice Roberts, que vous avez rencontrée lors de sa récente visite, m'a fait part de l'aide extraordinaire apportée par les membres du Pascagoula Police Department, notamment l'inspecteur Darren Versiga. Celui-ci a reconstitué les dossiers de Samuel Little à Pascagoula que l'on croyait jusque-là détruits par l'ouragan Katrina [...] Je vous prie de bien vouloir transmettre mes remerciements les plus chaleureux à Darren Versiga pour ses efforts, son dévouement et son sens de l'hospitalité. »

Le commissaire remet le pli à l'inspecteur qui le fait alors figurer en bonne place dans son bureau, entre la tasse à café et la pièce de collection.

8

À Los Angeles, les techniques ADN lèvent le voile sur un nouveau cold case. Les empreintes de doigts qui recouvraient le corps de Carol Alford, une prostituée de 41 ans morte étranglée dans une ruelle en 1987, appartiennent à Samuel Little. Ce troisième meurtre, après celui d'Audrey Nelson et de Guadalupe Apodaca, ainsi que les précieuses informations récupérées à Pascagoula par Mitzi Roberts déclenchent l'ouverture d'une enquête en bonne et due forme contre le peintre en bâtiment en janvier 2013.

« C'est l'affaire la plus dingue que j'ai jamais vue », s'émeut dans un communiqué Beth Silverman, la procureure adjointe du comté de Los Angeles.

La chasse à l'homme est lancée. Plongée du matin au soir dans les méandres de la base de données commune des forces de l'ordre d'Amérique, l'inspectrice Roberts scrute la moindre annonce concernant Samuel Little. Celui qui n'a jamais cessé de faire des allers-retours en prison finira bien par se faire arrêter à nouveau, se dit-elle.

Cela ne rate pas. Un jour, à des milliers de kilomètres de la côte californienne, les policiers du comté de Lake Charles en Louisiane arrêtent Samuel Little après l'avoir vu avec une pipe à crack dans les mains. Sur l'ordinateur de Mitzi Roberts une lumière rouge se met à clignoter. L'inspectrice décroche immédiatement son téléphone. Après tout ce temps, elle le tient.

Menottes aux poignets, Samuel Little va être ramené à Los Angeles par le premier avion. Malheureusement, quand il finit par décrocher, le shérif du comté de Lake Charles lui explique que son suspect vient tout juste d'être relâché après avoir promis de se rendre plus tard à une convocation de la cour de justice locale. Il disparaît, encore. Mais à force de patience, de persévérance et à grand renfort de café, le travail d'enquête finit par payer. Au mois de septembre 2013, la brigade criminelle du LAPD trouve en ligne la trace d'une carte de la chaîne de supermarchés Walmart au nom de Samuel Little. L'historique de ses dépenses indique qu'il a fait ses courses pour la dernière fois à Louisville, capitale du Kentucky. Dès lors, tout s'enchaîne. Envoyés sur place, les policiers d'élite de la US Marshals Fugitive Task Force – l'unité nationale chargée de traquer les ennemis publics numéro un – repèrent Samuel Little dans un refuge pour pauvres gens, la Wayside Christian Mission. Surpris à l'heure de la sieste par un bataillon harnaché comme pour aller à la guerre, le vieux peintre se contente de grogner et de lever les mains en l'air. Il est arrêté, embarqué et extradé en Californie manu militari.

Dans les bureaux de la Cold Case Special Section, l'inspectrice Mitzi Roberts commence à l'interroger alors qu'il n'a même pas eu le temps d'enfiler son habit de détenu. Samuel Little parle de sa grand-mère dans l'Ohio. Il dit aussi qu'en plus de la peinture il a travaillé pendant quelques années comme jardinier dans un cimetière de Miami. Il raconte qu'il a été boxeur, que son punch valait bien celui de Sugar Ray Robinson et que, s'il n'avait pas fait autant la fête, il aurait certainement gagné beaucoup d'argent sur le ring. Puis il passe aux confessions. C'est vrai, il n'a jamais été un ange : il a triché, il a volé, il s'en est pris à des gens. Mais il n'a jamais tué, tempête-t-il quand Mitzi Roberts le questionne au sujet des filles de Los Angeles après plusieurs jours d'interrogatoire. Ce n'est pas lui, ça.

Samuel Little tape violemment du poing sur la table et, en face de lui, Mitzi Roberts avale son café de travers. Il lui envoie une bordée d'insultes au visage : elle veut faire de lui un diable alors qu'il n'est qu'un gars pas bien méchant de l'Ohio qui s'est retrouvé trop souvent au mauvais endroit au mauvais moment. Devant le tribunal qui le jugera pour les meurtres de Carol Alford, de Guadalupe Apodaca et d'Audrey Nelson, Samuel Little plaidera non coupable.

Darren Versiga est officiellement appelé à témoigner au procès du peintre en bâtiment qui s'ouvre à la fin de l'été 2014. Malgré ce qu'il a juré à Mitzi Roberts, l'inspecteur hésite à l'heure d'embarquer pour Los Angeles. Il ne sait plus si ce voyage est une bonne idée. Il pense aux histoires de son ami Paul Burch. Devant une bière fraîche qui s'est terminée en joyeuse biture bras dessus bras dessous, le capitaine du bureau du shérif de Mobile lui a récemment raconté que les enquêtes au long cours qu'il avait menées dans sa carrière, depuis le premier indice récolté jusqu'au dernier coup de marteau du juge, lui avaient pris toute son énergie et toute sa vie. Elles l'avaient plongé dans des affres dont il n'était jamais ressorti indemne, et ses proches en avaient toujours pâti.

Darren Versiga se demande donc si se présenter à la barre du tribunal de Los Angeles, c'est-à-dire accepter de devenir un acteur à part entière de l'affaire Samuel Little, ne l'entraînera pas dans un engrenage irrémédiable du même genre. Il craint de ne plus avoir de temps pour sa femme et ses enfants. Surtout que les moments de plaisir en famille se sont réduits à peau de chagrin depuis qu'il a récupéré son badge de policier en 2008. Entre son emploi du temps chargé et sa mauvaise paye, il ne fait plus grand-chose en famille. Ce n'est plus comme avant quand, sur un coup de tête, l'inspecteur emmenait tout le monde pendant un long week-end à La Nouvelle-Orléans pour danser sur Bourbon Street, voir les joueurs de trompette, les diseuses de bonne aventure et les charmeurs de serpents. De la même manière, c'en est fini des joyeuses vadrouilles collectives au gré des compétitions de tir. À une époque, Jessica et la petite troupe de gamins suivaient Darren Versiga lorsqu'il allait tirer aux quatre coins du pays. Ils posaient les valises dans un centre de vacances bon marché avec des petites chambres familiales, une grande salle à manger et parfois même une piscine. Ils allaient au restaurant et visitaient les alentours. Les enfants avaient été drôlement émus quand ils avaient observé au loin les cerfs dans les montagnes du Colorado, ou bien en découvrant les vieux villages indiens du Nouveau-Mexique. Ces excursions les avaient changés de la torpeur du Mississippi. Mais tout ça n'arrive plus. Récemment, Darren Versiga n'a même pas pu se rendre au mariage de son beau-fils, tant il était occupé par son métier. Aujourd'hui, quand il a un peu de temps, l'inspecteur fait monter la petite troupe des Versiga dans son vieux truck et il roule le plus loin possible le long de la côte, souvent vers l'est et le soleil de Floride. Pour avoir l'impression de voyager avant de rentrer le soir même, une nuit à l'hôtel lui coûterait trop cher. Surtout, rentrer le lendemain l'obligerait à décaler l'ordre de ses missions. Jessica ne s'est jamais plainte de cette situation. Elle accepte le sacerdoce de son mari, la passion qu'il a pour son métier et pour les gens, en plus de celle pour sa famille.

Alors qu'on l'attend de pied ferme en Californie, l'inspecteur se laisse facilement rattraper par sa nature. L'uniforme prend le pas sur ses atermoiements de père de famille. Il se dit que cet aller-retour à Los Angeles est la promesse d'une aventure formidable. Au tribunal de la grande ville, devant les meilleurs juges du métier, sous le regard de Samuel Little et peut-être aussi du monde entier, son travail de policier sera reconnu. Il sentira pulser son sang d'une manière si puissante qu'il s'en souviendra toute sa vie. Il faut qu'il y aille.

Dans sa valise, l'inspecteur Versiga fourre tous ses dossiers, un vieux costume, une cravate qu'on lui a offerte pour son anniversaire et son badge d'officier de la police de Pascagoula, auquel il a pris soin de mettre un coup de chiffon. En revanche, il ne prend pas son arme de service parce qu'il est interdit de voyager avec d'un État à l'autre. Darren Versiga a été un peu embêté quand il l'a appris, comme si on demandait à un prêtre de laisser sa Bible derrière lui.

À l'aéroport de Mobile, il retrouve dans de touchants éclats de joie Hilda Nelson et Lelia McClain, les anciennes prostituées de Carver Village, elles aussi appelées à témoigner contre Samuel Little. Assis les uns à côté des autres dans le petit avion de ligne qui les emmène à l'autre bout du pays, ils se racontent leur vie en riant fort. L'inspecteur apprend ainsi qu'Hilda Nelson a rencontré Lelia McClain en lui vendant, il y a des années, des souliers en cuir verni qu'elle avait volés dans une boutique qui n'existe plus aujourd'hui.

Survolant les plaines sèches du Texas et les plis rocailleux de l'Arizona, Darren Versiga repense à la dernière fois, la seule fois, où il est allé à Los Angeles. En 2007, un important avocat d'Oxford, dans le Mississippi, avait payé à un bon ami alcoolique un traitement de la dernière chance dans une clinique californienne de renom. Darren Versiga, qui était alors détective privé, avait été chargé d'accompagner le malade à bon port. Il fallait s'assurer qu'il ne se défile pas et ne provoque aucun esclandre. Dans le jet privé spécialement affrété par l'avocat, Darren Versiga avait dû redoubler de diplomatie pour contenir ses colères d'ivrogne. Mais une fois à Los Angeles, devant l'hôpital, le pauvre homme avait fini par fondre en larmes dans les bras de son ange-gardien en lui soufflant bruyamment à l'oreille qu'il était la meilleure chose qui lui était arrivé dans la vie. Ça avait été un voyage express. Darren Versiga n'avait pas eu le temps de visiter la ville qu'il avait seulement vue au cinéma.

Peut-être pourrait-il le faire cette fois-ci. Le nez collé contre le hublot de l'avion, essayant de suivre du regard la forme dentelée des nuages, l'inspecteur sourit. Il trouve amusant que son travail de policier du Mississippi lui fasse voir un peu le monde.

À l'aéroport de Los Angeles, Darren Versiga, Hilda Nelson et Lelia McClain sont discrètement accueillis par une délégation menée par l'inspectrice Roberts. Une fois en ville, les chemins des trois témoins se séparent. L'inspecteur est logé par la police dans un bel hôtel du Downtown où les hommes d'affaires ont coutume de descendre contre plusieurs centaines de dollars la nuit. Des fenêtres de sa chambre à l'angle du vingtième étage, Darren Versiga peut admirer au sud le damier infini de palmiers et de pavillons de la mégalopole californienne et à l'est les majestueuses collines qui la ceignent. Les joues rougies par l'eau brûlante de la douche, l'inspecteur s'empresse de rejoindre le restaurant de l'hôtel, qu'il a remarqué dès son arrivée. Feignant d'être un habitué, il commande d'un geste à la volée le sandwich mexicain le plus épais et le plus cher de la carte.

De leur côté, Hilda Nelson et Lelia McClain ne sont pas du tout logées à la même enseigne. À plusieurs dizaines de kilomètres du confort de l'inspecteur Versiga, le LAPD les héberge dans un motel décati de bord d'autoroute. Protégé par un épais panneau de plexiglas, l'accueil est comme un bunker où trône un Indien sikh qui tient une calculatrice dans une main et un fusil dans l'autre. Dans les chambres, les murs en carton-pâte sont criblés de gros trous, probablement ceux de rafales de balles. Les robinets crachent une eau qui a la couleur de la suie. Sur le palier d'à côté, la télévision hurle. Et les clients, avec leurs tatouages entre les yeux, leurs sourires comme de mauvaises grimaces, et cette façon de rôder dans l'obscurité du parking, donnent tous l'impression d'avoir quelque chose à se reprocher. L'endroit ressemble aux lupanars qu'Hilda Nelson et Lelia

McClain fréquentaient à l'époque où Carver Village était leur royaume. Comme si on considérait qu'elles ne valaient pas plus que la misère de leur vie d'avant, comme si elles n'avaient jamais été rien d'autre que de vulgaires prostituées de rase campagne dont la dignité ne compte pour personne.

Au téléphone, elles s'émeuvent auprès de Darren Versiga qu'on les reçoive avec si peu d'égards alors qu'elles sont des témoins de premier ordre. Hilda Nelson et Lelia McClain préviennent l'inspecteur : si on ne les sort pas de ce cloaque de banlieue avant la nuit, elles rentreront illico dans le Mississippi sans passer à la barre. Au diable le LAPD, Samuel Little et la justice. Le message est bien transmis. Mitzi Roberts fonce récupérer en personne les deux femmes qui, les mains sur les hanches et les sourcils froncés, l'attendent sous la pancarte du motel. L'inspectrice leur présente de plates excuses. Ce soir, elles dormiront dans le même hôtel étoilé que Darren Versiga.

La Cour supérieure de justice du comté de Los Angeles est un long bâtiment aux murs de granite blanc piqué dans son dos d'une multitude de petites fenêtres carrées qui, de loin, ressemblent à celles d'une prison. Sur son perron, une série de bas-reliefs figurant l'universalité, le pouvoir, l'impartialité et la vérité de la loi sous des guerriers prêts à partir en croisade. L'inspecteur Versiga est pris d'un léger vertige lorsqu'il vient témoigner de bon matin au procès de Samuel Little en compagnie d'Hilda Nelson et Lelia McClain.

En contemplant le tribunal, il prend conscience de la puissance symbolique de l'histoire dans laquelle il s'est embarqué. L'inspecteur a soudainement chaud. Il ne sait pas s'il sera capable de faire honneur à son badge de la police de Pascagoula lorsqu'on l'appellera à la barre. Mais il ne peut plus faire machine arrière. Il entre. Selon le protocole de la Cour, il doit patienter à l'extérieur de la salle d'audience pendant que les deux anciennes prostituées témoignent en premier.

Les minutes passent. Assis sur le rebord d'un banc, les mains jointes et le regard balayant mécaniquement le carrelage froid du couloir, Darren Versiga repasse dans son esprit fiévreux tout ce qu'il sait du peintre en bâtiment à la manière d'un musicien d'opéra répétant sa partition.

Soudain, les portes battantes de la salle d'audience s'ouvrent avec fracas. Lelia McClain sort en trombe. Vêtue d'un tailleur rose qu'elle a choisi en pensant faire bonne impression, elle titube comme si elle manquait d'air. Darren Versiga se lève d'un bond et la prend dans ses bras avant qu'elle s'effondre. Hoquetante, la voix entravée par les gros sanglots d'une petite fille, Lelia McClain explique que, dans la salle d'audience, lorsqu'elle a posé son regard sur Samuel Little, elle a retrouvé dans ses yeux le feu maudit qui, des années plus tôt, les avait envahis alors qu'il avait tenté de la tuer. Elle s'est mise à trembler de tout son long, et le président de la Cour a immédiatement levé la séance. Venue à la rescousse de sa vieille amie, Hilda Nelson lui souffle d'une voix douce :

« Regarde-moi. Tu n'as plus à avoir peur de lui.

— Je n'ai pas peur. Je veux le tuer, tout simplement. Je veux tuer ce *motherfucker.* »

L'inspecteur Versiga pose ses mains d'ours sur les épaules frêles de l'ancienne fille de Carver Village. Il lui sourit.

« Tu n'as pas à le tuer. Raconte ton histoire, c'est tout. »

Alors, Lelia McClain réajuste son tailleur, remet un zeste de rouge sur ses lèvres et retourne au front.

Puis c'est au tour de Darren Versiga de s'y coller. Enterrant lui aussi dans un recoin de son cœur ses états d'âme, l'inspecteur entre dans la grande salle d'audience lambrissée sans sourciller. Il s'avance vers la barre d'un pas décidé avec ses chaussures de ville encore maculées d'un peu de boue séchée du Mississippi. Enfin, il découvre en chair et en os le fantôme qui hante son enquête. Il rencontre celui qui l'obsède depuis des mois.

Assis à côté de son avocat, Samuel Little n'a rien à voir avec le solide fauve qui posait en 1977 devant l'objectif de la police de Pascagoula. C'est un vieillard, dans un uniforme de prisonnier froissé, pour qui la vie n'est plus qu'un long fardeau. Il est installé dans un fauteuil roulant parce qu'il souffre de diabète chronique, dit-on. Il a le dessus du crâne pelé et son visage ressemble à un vieux morceau de savon. De grosses boursouflures lui mangent la commissure des lèvres. Il a troqué sa moustache contre un bouc hirsute que, sans doute par fatigue, il néglige de tailler correctement. Mais cette silhouette ratatinée n'est qu'un voile, se dit Darren Versiga. Dans le regard de Samuel Little, l'inspecteur retrouve ce qui l'avait frappé sur la photo trouvée dans la paperasse des archives : le même dédain, le même mépris des règles, la même pulsion de mort. C'est bien lui. Après avoir juré de dire la vérité en posant la main à plat sur une Bible, Darren Versiga répond aux questions de la procureure adjointe Beth Silverman de manière froide et précise. Il explique pourquoi il est convaincu que Samuel Little a tué Melinda LaPree à Pascagoula en 1982. Il expose ce qu'il considère comme des similarités entre ce meurtre et les affaires californiennes pour lesquelles on juge ici l'ancien peintre. Quand on lui demande pourquoi les enquêtes diligentées à l'époque ne se sont jamais avérées concluantes, il explique que cela tient à une logique triste et bête, que les victimes de Samuel Little étaient des femmes dont tout le monde se fichait. L'inspecteur Versiga parle du mépris que la société nourrit depuis toujours à l'égard des prostituées comme du racisme qui a longtemps gangréné la justice, du Mississippi jusqu'en Californie.

Le témoignage de Darren Versiga dure une bonne demi-heure et, pendant ce temps, avachi sur sa chaise d'impotent, le vieux Samuel Little ne prononce pas un mot, ne le regarde même pas. Il n'accorde aucune importance à ce procès. Sa seule défense consiste en une suite de soupirs suffisamment bruyants pour que les jurés les entendent. À la table de l'accusé, c'est un spectateur ennuyé qui voudrait bien qu'on le laisse aller déjeuner.

Darren Versiga a rempli sa mission à la barre. Laissant derrière lui Samuel Little et son cirque de diable en peine, il va visiter Los Angeles. Lui qui habite depuis toujours dans une bourgade du vieux Sud où la vie est comme une longue sieste découvre un monde de dystopie. Il s'imagine perdu dans le dédale d'autoroutes et d'échangeurs. Il en emprunterait une au volant de son vieux truck qu'il aurait l'impression de ne jamais arriver à destination. Au pied des grands palmiers, le long des boulevards que le soleil couchant nimbe d'une lumière rose, il découvre un monde infini de miséreux. Des dizaines et des dizaines d'adolescents qui, seuls sous des tentes humides, attendent que le destin les sorte de là. Darren Versiga n'en revient pas. Ce n'est certainement pas ce qu'il imaginait de Los Angeles. À cause du mauvais glamour en satin servi par les séries d'après-midi dont il adore les rediffusions, l'inspecteur était persuadé que la ville-monstre n'était qu'une vaste oasis de gens heureux. Au moment de partir, Darren Versiga se dit qu'il ne vivrait pour rien au monde à Los Angeles.

Tandis que l'inspecteur retrouve la brousse et le bayou, le triste procès de Samuel Little se poursuit. Les détails documentant la cruauté de l'accusé s'amoncellent en un immense terril qui occupe toute la place de la salle d'audience.

Une nouvelle témoin qui, comme Hilda Nelson, Lelia McClain et les autres, a failli mourir entre les mains de Samuel Little, raconte comment le soir de leur rencontre il avait d'abord aimé appuyer sur son cou plusieurs fois de suite pour le simple plaisir de l'entendre déglutir.

« Juste avant que je m'évanouisse, pendant que mes yeux se révulsaient, il me laissait respirer et puis il recommençait », dit-elle dans un murmure.

Il faut se cramponner solidement aux bancs du tribunal pour ne pas vomir. Appelé à son tour à la barre, le filleul de la prostituée Guadalupe Apodaca foudroie Samuel Little du bout de son doigt. D'une voix plate, sûr de sa sentence, il tonne :

« Dieu se chargera de vous juger. »

Pour l'accusé, c'en est trop. Alors qu'il n'avait pas bronché jusque-là, il explose de rage au beau milieu des débats.

« Ce n'est pas moi ! Je n'ai rien fait ! », fulmine-t-il dans son fauteuil à roulettes, avant d'inonder la salle d'audience d'une flopée de vieilles insultes où les vivants rejoignent les morts en enfer.

Avec ses poings refermés sur eux-mêmes comme deux gros parpaings, Samuel Little redevient le personnage féroce que tout le monde décrit depuis les premiers jours d'audience. À la fin du mois de septembre 2014, après plusieurs semaines d'un procès hors norme qui a vu défiler une foule de criminologues, de psychologues, de médecins, d'officiers de police et d'anciennes prostituées, qui ne sont rien de moins que des survivantes, les jurés du tribunal condamnent Samuel Little à la prison à perpétuité pour les meurtres de Carol Alford, Guadalupe Apodaca et Audrey Nelson. Le condamné n'est pas là pour entendre le juge frapper une dernière fois le bois de son pupitre avec son marteau en ivoire. Il a préféré rester dans sa cellule de la prison du comté de Los Angeles.

9

Les habitants de Pascagoula ont suivi les aventures de Darren Versiga avec un intérêt chauvin. Au comptoir des tavernes du port, à la cantine des chantiers et des raffineries, dans les maisons coloniales en bord de plage et les bicoques des champs, on a découvert l'histoire de Samuel Little comme on s'est souvenu du triste sort de Melinda LaPree. Cet écho médiatique pourrait donner un nouveau souffle à l'enquête sur Jane Doe. L'inspecteur Versiga est un optimiste : en s'intéressant au procès du tueur de Los Angeles, quelqu'un s'est peut-être souvenu de l'inconnue du sous-bois.

Dans les colonnes de l'édition locale du *Mississippi Press* et sur la page d'accueil du site d'informations Gulf Live, il fait publier le portrait de l'inconnue confectionné en 1978 par le docteur Betty Gattlif en insistant sur l'implication supposée de Samuel Little dans cette affaire. Il rend visite aux pasteurs des églises baptistes des quartiers noirs de Moss Point, et aussi aux tenanciers des caboulots et des salons de coiffure voisins. Il leur montre le sourire en or de Jane Doe.

Sur sa page Facebook, l'inspecteur poste régulièrement la photo de la fameuse reproduction du visage en espérant que, grâce à la puissance du réseau social, une personne, quelque part, se manifeste pour lui donner des informations. Au standard de la police de Pascagoula, des gens appellent pour dire que la Jane Doe de l'inspecteur est peut-être cette amie qui a disparu il y a longtemps. Mais à chaque fois, les espoirs de Darren Versiga se dégonflent en un instant : les dates et les âges ne correspondent jamais.

Le temps passe, encore. La vie continue. Après s'être marié, Manuel, le beau-fils de l'inspecteur, s'engage au sein de l'armée. Membre de la police militaire, il est envoyé dans une base américaine située sur le territoire du royaume de Bahrein, dans le golfe Persique, à l'autre bout du monde. Kyla, de son côté, déménage à Moss Point avec son compagnon. À peine sortie de l'université, elle trouve un poste d'institutrice dans une école de la ville. Sur Orchard Road, Jessica profite que la maison familiale se soit vidée pour l'arranger enfin. Dans le salon, elle installe une grande table en chêne que lui a léguée sa grand-mère. Près du canapé se trouvent désormais une jolie commode et une desserte couleur pastel sur lesquelles elle dispose une série de photos encadrées de toute la famille souriant au soleil. Il y a des philodendrons dans les coins. La femme de l'inspecteur Versiga vient aussi d'acheter des graines dans une boutique spécialisée de Long Beach. Elle les a plantées dans des pots de confiture et les arrose religieusement tous les jours. Au bout d'un certain temps, elle obtiendra de petites fougères qu'elle compte suspendre au plafond.

Pour Darren Versiga, des choses importantes restent à faire. Il faut ajouter des couches de peinture aux murs de la cuisine et aussi à la pièce du rez-de-chaussée qui lui sert de bureau. Dans le cagibi où gronde la machine à laver, une flaque d'eau inonde le sol en permanence, parce que la tuyauterie n'a pas été raccordée correctement. Comme la maison manque de rangements, on y a entassé jusqu'au plafond des ballots de vêtements, des boîtes d'outils, des planches et autres. Le perron de la maison est encore une vieille estrade en bois mort dont la rambarde est piquée de clous qui éraflent les mains. Quant à cette fichue palette de briques, elle traîne toujours sous les fenêtres de la maison. Elle pourrit et s'enfonce dans la terre chaque jour un peu plus. Darren Versiga n'a toujours pas l'argent nécessaire pour bâtir la terrasse à la mode de Louisiane dont il rêve tant. Mais cette situation pourrait bientôt changer.

Voilà qu'en 2016 l'inspecteur se met en tête de trouver les fonds pour finir sa maison. Il a une idée. Dans cette campagne où les gens ont toujours aimé la bagarre, il veut organiser sur son temps libre des matchs de boxe. Il recruterait des poids lourds qui savent manier les gants, de jeunes mousses frappant dans des sacs pour entretenir leur forme ou des légendes déchues de la discipline qui doivent encore se battre pour éponger leurs dettes. Il monterait à la va-vite un ring sous un préau municipal grâce à l'aide financière d'une station-service ou d'un cabinet d'huissiers dont il afficherait les bannières près des projecteurs. Il ferait de la réclame autour de lui en annonçant que ses combats seront une fête autrement plus excitante que le bingo du samedi soir. Enfin, il ferait payer au public une entrée à 10 dollars, sans compter tout ce qu'il y aurait de bière à écluser.

S'il pouvait organiser un combat par mois, ce serait le jackpot assuré. Le problème, apprend bientôt l'inspecteur, c'est qu'il existe déjà un important promoteur à Pascagoula. Will Hunter, qui tient les rênes de l'association de boxe locale, a la main mise sur les combats de foire à plusieurs dizaines de kilomètres à la ronde. Misant tout sur son bagou, Darren Versiga lui propose de s'associer le temps d'une soirée, jurant qu'il ne le regrettera. Ce sera de la boxe de haute volée, une suite de matchs du siècle comme la ville n'en a jamais connu. Will Hunter refuse, bien sûr, mais il n'envoie pas tout à fait balader l'inspecteur. Et si Darren Versiga montait lui-même sur le ring ? Et si à 54 ans, barbouillé par une vie de gras en barquette, il enfilait les gants ? Darren Versiga risque de se couvrir de honte, mais il accepte. Par défi plus que pour l'argent. Pour prouver à ses enfants de quel cuir il est vraiment fait. Pour qu'ils puissent voir l'homme qu'il a été dans une autre vie, il y a des années, avant la police.

Adolescent, Darren Versiga faisait partie des équipes de football américain et de baseball de son lycée. Déjà balourd, peinant à gérer son souffle d'un bout du terrain à l'autre, il était un joueur médiocre dans les deux sports. À chaque match, le jeune homme rongeait son frein sur le banc de touche en attendant que ses capitaines considèrent qu'il n'y ait plus d'enjeu pour enfin le faire entrer. Il ne se faisait pas d'illusions, il ne parviendrait jamais à s'améliorer et finit par ranger sa batte d'un côté et son casque de l'autre. Un après-midi, son camarade Bobby Cramb débarqua au lycée avec un trésor sous le bras : les gants de boxe qu'on lui avait offerts pour son anniversaire. Darren Versiga insista pour les enfiler avant les autres garçons de leur petite bande. À la cantonade, il les défia comme un champion sur un ring d'Atlantic City.

Le jeune homme que l'on avait sifflé et raillé dans tous les stades du comté était décidé à prouver qu'il pouvait être bon dans une discipline. Darren Versiga se trouva pour adversaire le fameux Allan Moss. Un titulaire de l'équipe de football fort en gueule et qui jouissait d'une certaine aura à la cantine. Pour prendre sa revanche, Darren Versiga ne pouvait pas rêver mieux. Après la sonnerie de la fin des cours, les deux adolescents se retrouvèrent face à face dans une impasse de terre et de mauvaises herbes derrière le lycée. Sous le chahut excité de quelques copains de classe, Allan Moss fut le premier à attaquer avec des gants rafistolés, prêtés pour l'occasion. Mais à peine avait-il armé son poing que Darren Versiga l'envoya valser dans les poubelles d'un direct du gauche. Le coup fut si violent que le champion de football ne parvint à se relever qu'en tanguant à la manière d'un épouvantail battu par les vents. La mâchoire bleue, Allan Moss dut reconnaître sa défaite. Ce *knock-out* inattendu auréola Darren Versiga d'une soudaine légende qui, rapidement, circula dans les couloirs du lycée. Tous les costauds de sa promotion voulurent se mesurer à lui. Après Allan Moss, ce fut au tour de Curtis Gift et de Lamar Stewart. Dans la même ruelle broussailleuse, Versiga le dur des durs les envoya au tapis, eux et les autres, en quelques minutes seulement. Il cognait si fort qu'il s'en déboîta l'épaule. Ces victoires à la chaîne firent battre en lui le pouls d'une confiance qu'il n'avait jamais ressentie auparavant. Il n'était plus l'ourson claudicant des terrains de football et de baseball. Il se sentait fort.

Dans le garage de la maison de ses parents, Darren Versiga remplit un sac en toile de jute de vieux linges. Il le suspendit à une corde et se mit à le frapper à mains nues tous les soirs. Il ne manquait aucun des grands combats qui passaient à la télévision. À la bibliothèque municipale, il dévorait tout ce qui pouvait parler de la gloire au bout des gants. Son livre de chevet était un récit sur la vie de Ken Norton, un épais boxeur de l'Illinois dont le principal fait d'armes fut d'avoir battu le légendaire Mohammed Ali dans une arène de San Diego. Ce soir-là, en 1973, il était apparu sur le ring vêtu d'un peignoir scintillant que lui avait offert Elvis Presley en personne. Lorsqu'il lut cette anecdote, Darren Versiga resta bouche bée.

Il se représentait les grands boxeurs comme de majestueux personnages de roman doués de pouvoirs qui dépassaient l'entendement des mortels. Quand il serait plus fort et plus dur, il brillerait lui aussi de mille feux sur un ring, rêvait-il sur le chemin du lycée, quand il coupait du bois avec son père ou bien était accoudé à la fenêtre de sa chambre, juste avant d'aller dormir. Il voulait devenir le *Great White Hope* du Mississippi. Le « grand espoir blanc » était une formule inventée au début du siècle dernier par l'auteur américain des grands espaces Jack London pour désigner le boxeur blanc qui saurait un jour battre l'invincible Jack Johnson, le premier champion du monde noir des poids lourds.

Darren Versiga alla bientôt toquer à la porte du Boy's Club de Pascagoula, qui était une sorte d'association de la jeunesse locale. Il demanda si l'un des moniteurs s'y connaissait suffisamment en boxe pour l'entraîner. On lui répondit que non. En revanche, la direction serait ravie de le soutenir s'il souhaitait ouvrir une section locale. Darren Versiga accepta sans hésiter. Avec les quelques dollars dont lui fit don le Boy's Club, il acheta plusieurs paires de gants et des sacs de frappe qu'il installa dans une salle sans lumière du local de l'association.

Il convainquit ensuite David Byron, un ténor de la chorale de l'église baptiste Unity, qui avait un peu boxé pendant ses années à l'armée, de prendre la direction des entraînements. Le club de boxe était né, et il comptait un membre – qui était aussi son président d'honneur : Darren Versiga. Pour impressionner les filles, quelques garçons du lycée le rejoignirent. Bobby Beardon, Jimmie White, Chris Stokley ou encore Eddie Mackie et Ricky McDonald. Ils étaient tous blancs, ils avaient le corps mal dégrossi, une amusante tignasse de cheveux sur la tête et le visage poupon et duveteux de ceux qui ont encore peur de leur mère. Ils participaient aux tournois régionaux dont les combats avaient lieu dans des gymnases faits de baraquements en tôle. Inscrit dans la catégorie des lourds-légers, Darren Versiga savait encaisser les coups les plus rudes sans rien dire, en bombant les muscles. Et quand il fondait sur son opposant, il se transformait en une bête haletante que seule la cloche de la fin semblait pouvoir arrêter. Son punch était une longue canonnade assortie de grandes giclées de sueur. Si la manière n'était jamais très orthodoxe, elle était redoutablement efficace. Darren Versiga remporta le South Mississippi Golden Gloves d'Hattiesburg et le tournoi d'État de Jackson. Dans le Tennessee voisin, il eut l'honneur de représenter les couleurs confédérées de son Mississippi natal à l'occasion du Mid-South Tournament. Il termina premier.

Aux yeux de son père, la boxe n'était qu'un passe-temps de chiffonniers incapables de penser. Plusieurs fois, pendant qu'il pilonnait le sac du garage, l'ingénieur Kenneth Versiga le prévint en haussant le ton qu'il finirait « la tête en bouillie ». Mais le talent du jeune Darren finit par le faire changer d'avis. L'enthousiasme génial qui succédait à ses victoires fit de son père le plus fidèle de ses supporters. Qu'il combatte dans le Mississippi, dans le Tennessee ou en Louisiane, le vieux Kenny posait religieusement un jour de congé sur les chantiers Ingalls pour l'accompagner. L'ingénieur aimait l'intimité de l'échauffement puis, pendant le combat, il vibrait au milieu du public sans rien dire et, à la fin, sous les cordes, il allait saluer son fils d'une brève accolade. Le geste était sans grande délicatesse, un peu gêné, et pourtant il disait toute la fierté et tout l'amour de cet homme pudique, incapable de parler à cœur ouvert.

En 1985, Darren Versiga avait 21 ans. Ses cheveux étaient ras comme ceux d'un soldat, il arborait une moustache grasse et brune qui le vieillissait d'une génération et son nez s'était aplati. Ses épaules étaient larges, son torse était épais, sa silhouette si saillante qu'elle semblait taillée dans de l'acier trempé. Le jeune homme avait un physique de boxeur. Cette année-là, tandis qu'il lui arrivait certaines nuits de se bagarrer à mains nues dans le sable humide du Point au nom de son honneur, on lui proposa de donner à sa carrière sur le ring un tournant qui pourrait faire de lui le *grand espoir blanc* du Mississippi. Contrairement au circuit amateur que Darren Versiga avait fréquenté jusque-là, un monde minuscule dirigé par des cow-boys un peu ivres qui se tapaient dans la main pour savoir qui affronterait qui le lendemain, la ligue d'en-dessous était encadrée par des lois et des habitudes qui ne laissaient rien au hasard. Les combats étaient organisés bien en amont par des promoteurs en cravate disposant du soutien de grandes enseignes de moteurs de bateau ou de maïs en boîte. Les boxeurs engagés recevaient une avance correspondant à un grade précis, allant de plusieurs centaines à plusieurs dizaines de milliers de dollars. Alternant d'harassantes séances de développement physique avec des exercices de corps-à-corps dans les conditions du réel, les entraînements s'étiraient sur plusieurs semaines à la manière d'une longue préparation à la guerre. En enchaînant les victoires, les meilleurs boxeurs des ligues professionnelles régionales touchaient des pactoles qui leur permettaient, s'ils se débrouillaient bien, de vivre décemment. Darren Versiga signa sans attendre.

Son premier combat professionnel se tint en ouverture d'un important gala de boxe au Grand Casino de Biloxi. La salle était pleine à craquer. Il y avait là de vieux hommes d'affaires rabougris dans leur smoking en laine accompagnés de jolies blondes dont les hautes coiffures peroxydées faisaient teinter les lustres des toilettes, des parieurs le ventre plein de bière en chandail des tropiques, des pêcheurs du bayou qui avaient mis un nœud papillon au col de leur bleu de travail et bien d'autres personnages hauts en couleur qui, tous ensemble, faisait de ce moment dans le Mississippi une extraordinaire série B.

Face à son adversaire, l'inconnu Greg Pope débarqué d'un village du nord de l'État, Darren Versiga portait des gants noirs et un short en satin jaune qu'il avait pris soin de remonter jusqu'au nombril. Dès les premières secondes du premier round, il se retrouva coincé dans les cordes sans pouvoir rien faire d'autre que de tenir sa garde haute. Malgré son endurance et sa masse, Darren Versiga céda en quelques secondes. Un instant d'inattention, une droite plus millimétrée que les autres et il se ratatina dans un coin du ring. Il était au tapis. Sous le balai aveuglant des projecteurs, l'arbitre s'agenouilla près de sa carcasse en nage pour lancer le décompte fatal. Mais juste avant le gong, Darren Versiga parvint à se relever. Il chancela un peu, cligna des yeux, fit craquer bruyamment sa nuque et se mit à nouveau en garde.

Le round d'après, il profita d'une exposition un peu trop téméraire de son adversaire pour lui asséner une suite de coups tonitruants qui résonnèrent sur le ring. Comme le pauvre Allan Moss, le professionnel Greg Pope s'écroula de tout son long. K.-O. Tandis que Darren Versiga tendait fébrilement le poing de la victoire en l'air, la foule du Grand Casino de Biloxi, avide de jeu et de spectacle, vociféra en cœur pour saluer son extraordinaire résurrection. La carrière du boxeur de Pascagoula était lancée.

Les années qui suivirent, les grands promoteurs de la région l'appelèrent régulièrement pour qu'il figure en bonne place au programme de leurs compétitions. Il prit l'habitude de s'entraîner tous les jours dans une salle humide d'Ocean Springs, fréquentée en majorité par des cogneurs avec des têtes de gargouille qui gagnaient leur pain en se battant clandestinement dans des ruelles. Son entraîneur attitré était l'orageux Keith Hugues, un ouvrier d'Ingalls, qui lui répétait de ne jamais avoir pitié tant que la cloche n'avait pas sonné. Comme tous les champions, Darren Versiga avait des rituels bien à lui juste avant de monter sur le ring. Dans le vestiaire, il portait toujours le même pantalon de jogging rapiécé aux genoux par-dessus son short. Il aimait aussi s'échauffer au rythme d'une bande-son rock très énervée qui, disait-il, l'aidait à avoir le cœur vaillant, et même féroce. Darren Versiga n'avait jamais peur face à ses adversaires. Qu'il gagne ou qu'il perde, chaque combat lui donnait envie de retrouver au plus vite l'apesanteur irréelle des rounds qui s'enchaînent. Un jour, lors d'une visite médicale, on découvrit que son crâne était légèrement fissuré dans la largeur et qu'un épais caillot de sang s'était formé derrière les nerfs optiques. Le diagnostic était formel : si Darren Versiga continuait de boxer, il risquait de ne jamais s'en remettre. Un *knock-out* terrible pouvait le rendre aveugle ou, pire, le tuer d'un coup. Il devait remiser ses gants au placard et prendre sa retraite. Mais pour le jeune homme, il n'existait pas d'autre destin que celui qui s'écrivait sur le ring. Il choisit au mépris de lui-même de poursuivre sa carrière professionnelle qui, malgré toute sa volonté, commençait à s'essouffler. Darren Versiga manquait trop de vista pour qu'on hisse son nom en haut des affiches nationales. Son punch d'éléphant survolté ne valait pas mieux que l'ambiance baroque des casinos balnéaires du Mississippi et il n'empochait que quelques billets de cent dollars par combat. Alors qu'il était devenu policier, la boxe constituait seulement un bon moyen d'arrondir ses fins de mois. Il pouvait ainsi s'offrir des vacances à la plage ou bien une voiture neuve.

Après un dernier combat en 2001, remporté au bout de six rounds dans le brouhaha du President Casino de Biloxi, Darren Versiga mit un terme à sa carrière. Il n'était pas parvenu à endosser le glorieux costume du *grand espoir blanc*, mais, avec neuf victoires et trois défaites sur le circuit professionnel du vieux Sud, il avait de quoi être fier. Ce n'était pas rien quand on venait de Pascagoula.

En 2016, cela fait donc une éternité que Darren Versiga n'est pas remonté sur un ring. Il n'a même pas frappé une seule fois dans un sac depuis qu'il a pris sa retraite de champion. La balance de la salle de bains, sur laquelle il monte en pyjama par curiosité, lui indique en battant fiévreusement des aiguilles qu'il pèse autant qu'une remorque chargée de rondins de bois. À 118 kilos, il est obèse. Lorsque l'inspecteur annonce timidement à sa femme qu'il compte relancer sa carrière de boxeur pour un soir, elle lui répond qu'il a perdu la tête. Le regard écarquillé, Jessica Versiga le prévient qu'il est bien trop rouillé, bien trop gros et bien trop vieux pour tenir le choc. Son opposant ne fera qu'une bouchée de lui, dès le premier round, hoquète-t-elle. Au nom de l'amour qu'il porte à sa famille, elle le supplie d'abandonner immédiatement son projet. Darren Versiga ne l'entend pas. Malgré les années qui ont passé, l'inspecteur n'a jamais cessé d'être au fond de lui un boxeur.

Des mois avant son grand retour, Darren Versiga s'astreint à une préparation rigoureuse. Il ne boit plus au bar, il ne se ressert plus quand, au poste de police, on commande pour tout le monde du riz à la créole ou de la fricassée de poulet. Pendant son service, il profite que ses collègues de la brigade criminelle soient affairés dans leurs bureaux respectifs pour monter et descendre au petit trot les escaliers du commissariat. Le soir, il court sur la plage les bras ballants tandis qu'une brume mordorée fait passer pour des mirages les hautes plateformes pétrolières qui jalonnent le large. Chez lui, dans son jardin, il coince le bout de ses baskets de chaque côté du pneu gigantesque d'un camion de déménagement pour enchaîner les séances de travail abdominal comme on en fait dans les garnisons militaires. Enfin, et c'est certainement là le plus important, il s'occupe de raviver ce qui lui reste de son vieux punch. Vêtu d'un maillot de corps trempé de sueur dès le premier effort, il cogne à l'aide de beaux gants blancs un sac de frappe bon marché commandé sur Internet qu'il a suspendu à l'entrée de son garage. S'ils peinent évidemment à jaillir avec fluidité, ses gestes n'en ont pas moins gardé l'éclat de ses lointaines années de boxe. Ce sont des coups de semonce que l'inspecteur dégaine dans un son guttural, de lourds soufflets qui vont et qui viennent à la manière laborieuse d'un bélier lancé contre la haute porte d'un château fort.

En plus de ces séances en solitaire, Darren Versiga s'entraîne dans une arrière-salle humide sous les ordres d'un entraîneur qu'il paye 20 dollars par semaine. Un prix d'ami en souvenir des quelques combats que les deux hommes ont partagés. Il y a longtemps, Darren Versiga et Jimmy Stokes ont croisé le fer sur le ring du club d'Ocean Springs. Plus étonnant, Darren Versiga s'est retrouvé plusieurs fois à arrêter le petit frère de son coach, cette fripouille de Donnie, pour des histoires d'escroquerie si misérables qu'elles faisaient honte à toute la famille.

Jimmy Stokes a la peau noire comme la nuit, de longs muscles et une tête de lézard cabossée que transpercent des yeux sans fond. Avec le survêtement débraillé et taché de sueur qu'il porte tous les jours près du ring, il ressemble à n'importe quel bateleur des bas-fonds de Pascagoula. Pourtant, c'est sans aucun doute l'habitant de la ville à la vie la plus romanesque. À tout juste 20 ans, Jimmy Stokes part en voiture à Houston pour rejoindre une importante académie de boxe. Il dort plusieurs jours sur le seuil avant qu'on daigne le faire entrer. Son talent est rapidement remarqué et il rejoint les rangs des ligues professionnelles. Il parcourt le monde et combat en France, au Canada, en Russie et en Afrique du Sud. Surnommé « Hurt », ou bien « la Brute », jouissant d'une solide réputation, il finit aussi par boxer sous les ors légendaires du Trump Plaza, à Atlantic City, où se produisit un événement qui allait changer sa vie.

Alors qu'il devait prendre part à un combat de deuxième partie de gala, Jimmy Stokes est demandé en urgence dans une suite du gratte-ciel pour y rencontrer le promoteur le plus important de la ville. Vautré dans un canapé dix places, le richissime et tempétueux Donald Trump lui propose de remplacer au pied levé l'une des têtes d'affiche de la soirée contre la bagatelle de 16 000 dollars en minuscules coupures. Jimmy Stokes n'a jamais vu autant d'argent de toute sa vie. Il fourre le pactole dans son baluchon, boxe à l'heure des vedettes et, avec le sourire, il mord inévitablement la poussière contre un boxeur qui compte autant de titres que de cicatrices. Le petit gars de Pascagoula devient désormais le combattant d'appoint favori de Donald Trump. Chaque fois que le magnat en a besoin, Jimmy Stokes embarque dans un jet pour aller combattre au débotté. De Las Vegas à Miami, il prend des dérouillées les unes à la suite des autres, sans rancune, contre beaucoup d'argent.

Après avoir raccroché les gants en 2000, le globe-trotter s'offre un beau pavillon dans la banlieue forestière de Biloxi, où il vit encore aujourd'hui. Étonnamment, il est toujours en lien avec l'homme qui deviendra plus tard Président des États-Unis. Tous les mois depuis plus de vingt ans maintenant, Donald Trump fait envoyer religieusement à Jimmy la Brute un chèque de plusieurs milliers de dollars pour le remercier d'avoir servi si longtemps de souffre-douleur sur ses rings. Avec un revenu aussi régulier qu'un salaire, le boxeur en retraite n'a pas besoin de travailler. Ce qui lui laisse tout le temps du monde pour entraîner Darren Versiga.

Mais cette fois, il n'y aura pas de rétribution sonnante et trébuchante, seule la victoire compte. Le futur adversaire de l'inspecteur de la police de Pascagoula est désormais connu, il s'agit d'un *pistolero* du Nevada en fin de parcours répondant au nom amusant de Roberto White, comme l'alias d'un acteur de western spaghetti. Le genre de gueule cassée du désert qui écume les compétitions de cinquième zone où les rings sont éclairés par des lumières crépusculaires et les vestiaires installés dans des étables. Darren Versiga est persuadé qu'il l'emportera sans trop de heurts. Il jure à l'envi qu'il ne lui faudra pas plus de trois rounds pour lever le gant de la gagne.

Le combat se tient le samedi 25 juin 2016 dans le local sommaire du centre de conférence de Pascagoula. Des rangées de chaises pliables qui vacillent quand on s'assoit dessus sont placées devant le ring, et une buvette est installée sur un coin de moquette.

« Non seulement cet homme risque sa vie sur le ring, mais aussi tous les jours pour protéger les citoyens du Mississippi ! » annonce le programme de la soirée pour présenter le grand retour à la boxe de Darren Versiga.

Le public est constitué de quelques centaines de spectateurs en chemisettes et sandales venus de tous les coins du comté afin d'égayer leur week-end, comme lorsqu'ils vont manger en ville un cornet de crevettes ou voir une parade des marins de la Navy. Juste sous les cordes effilochées du ring, la famille de l'inspecteur se tient en bon ordre. Orchestrant joyeusement l'excitation de ses enfants, Jessica Versiga a ravalé la peur qui la rongeait il y a encore quelques jours. Lorsque son mari se présente sous les projecteurs en tenue de combat, elle agite en l'air une nuée de cotillons de couleurs préparés pour l'occasion. Son survêtement fétiche sur les épaules et un équipement d'éponges et de bidons sous le bras, l'entraîneur James Stokes vient prendre place à pas de loup dans un coin du ring. Parmi la petite foule du centre de conférences, une jeune femme au décolleté plongeant encourage Darren Versiga dans une giclée de bière qui éclabousse ses voisins.

« Défonce-le, ce *motherfucker* ! » crie-t-elle en déchirant l'air du bout de ses faux ongles multicolores.

C'est Deirdre, la fiancée pimbêche du coach Stokes. La cloche annonçant le premier round retentit.

Sous les regards amourachés de sa ville, l'inspecteur gonfle le cou et se prépare à faire le siège du fameux Roberto White comme au temps où rien ne l'arrêtait. Mais au bout d'une minute et sept secondes seulement, son enthousiasme de phœnix lui joue des tours. Sans même que son adversaire le frôle, Darren Versiga se démet l'épaule droite dans un anodin mouvement de manivelle. Une douleur sourde se met à résonner dans toutes les parties de son immense carcasse. Pour le boxeur qui voulait renouer avec sa jeunesse, c'est le signe cruel et définitif qu'il n'est plus qu'un vieil homme. Il pose un genou à terre et puise dans ses dernières forces pour ne pas s'évanouir.

Pendant que James Stokes s'empresse d'appliquer sur sa blessure une poche de glaçons au froid brûlant, l'arbitre lui demande s'il souhaite abandonner. Revenue soudainement à ses premières craintes, sa femme lui hurle d'accepter depuis sa chaise dont elle malaxe nerveusement l'assise. Mais Darren Versiga refuse. Son cœur est trop gonflé d'orgueil pour qu'il lâche prise aussi rapidement. De la même manière qu'il avait tenu bon le soir de son premier triomphe sur la scène du Grand Casino de Biloxi, il se relève. Il reprend le combat. Pourtant, une fois debout, Darren Versiga n'a l'air que d'un pauvre ivrogne. Absolument incapable de tenir en garde son bras désarticulé, il se cogne contre les cordes en agitant à l'aveugle son seul poing valide pour mieux supporter les assauts de Roberto White. Des droites et des gauches, rien que du punch : le médiocre boxeur débarqué du Nevada s'en donne maintenant à cœur joie. Ce n'est plus de la boxe, c'est un duel pathétique entre un chasseur et du gibier sans défense. Encore quelques instants, et l'arbitre prend enfin la décision raisonnable de mettre un terme au calvaire de Darren Versiga. Le combat est arrêté net en plein round. Malgré son allant et ses certitudes, l'inspecteur a perdu.

À côté de son opposant qui rugit un peu trop fort pour célébrer sa victoire, il baisse la tête en laissant apparaître sous sa moustache un léger sourire. Trempé par l'effort et violacé par les coups, Darren Versiga se murmure à lui-même qu'il a de quoi être heureux après tout. Il a pu ressentir à nouveau le frisson génial de la fureur sur un ring. Mais ce qui compte encore plus à ses yeux, ce sont les hourras émus dont le couvre sa famille, comme s'il avait gagné un titre olympique. Aussi brève fût-elle, cette réapparition sur le ring a permis de leur montrer qu'il était un héros, à sa façon.

Pour le reste, les 600 dollars que l'organisateur du combat lui remet en liquide en guise de prix de consolation sont un bonus dont une petite partie servira à payer une dernière fois le coach Stokes. Darren Versiga file ensuite soigner son épaule meurtrie au grand hôpital de Pascagoula. Sur le bord d'un brancard, on lui harnache une lourde attelle ; il ne peut plus s'habiller que d'un simple maillot de corps sans manches. Les radios révèlent également que son épaule gauche ne tient plus à grand-chose. Darren Versiga est chanceux : il aurait pu devenir manchot avant la fin du combat.

Au fil des semaines et des mois qui suivent, ses muscles peinent à regagner toute leur force d'avant. Dès qu'il saisit l'un de ses épais dossiers d'enquête, il souffre. Les médecins proposent de l'opérer. Il répond qu'il en est hors de question. La période de convalescence serait trop longue, et ses investigations ne peuvent pas attendre. Elles valent plus que sa propre chair, pense-t-il sincèrement. Pour supporter les douleurs qui le traversent, il serre fort les mâchoires. Au commissariat, il veut montrer qu'il est toujours un policier vaillant. C'est alors qu'un matin, au cours de l'automne 2018, il reçoit un nouvel appel de Mitzi Roberts. L'inspectrice de Los Angeles veut lui parler de Samuel Little et des aveux qu'il vient de faire à un policier habillé comme un authentique cow-boy du Far West.

10

Quand il est en service, James Holland porte toujours, bien enfoncé sur son crâne, un très large chapeau blanc aux bords incurvés de la célèbre marque Stetson qui, en cas d'orage, pourrait bien servir de paratonnerre. Il est aussi généralement chaussé d'épaisses bottes en cuir sculpté bonnes à talonner les flancs d'un pur-sang et garde à la ceinture un étui imposant dont dépasse l'élégante crosse sertie d'ivoire d'un pistolet Colt. Comme l'indiquent le badge en forme d'étoile épinglé sur sa poitrine et ses chemises impeccablement repassées et immaculées, James Holland est membre des prestigieux rangers du Texas. Une unité d'enquêteurs directement rattachée à l'administration centrale de l'immense État du pétrole et du rodéo, que d'innombrables programmes de télévision ont contribué à transformer, décennie après décennie, en une caste glorieuse du paysage populaire.

Spécialisé dans l'étude des cold cases, James Holland se rendit en 2017 à un important séminaire policier organisé à Tampa en Floride où il exposa les méthodes d'interrogatoire employées par les rangers. À la fin de son intervention, conclue par une longue salve d'applaudissements, deux inspecteurs débarqués d'un hameau de palmiers vinrent à sa rencontre. Le regard concerné et les mains sur les hanches, ils lui parlèrent d'un vagabond qu'ils soupçonnaient d'être coupable de plusieurs meurtres chez eux ainsi que dans les campagnes du Texas. Un certain Samuel Little. Soufflé comme ça, ce nom n'évoqua rien à l'officier Holland. Mais la piste sérieuse de ses collègues de Floride l'intrigua et, de retour à son quartier général, il mit de côté ses affaires pendantes pour faire des recherches sur Samuel Little dans les bases de données de la police fédérale. Ce qu'il finit par trouver lui fit mordre son grand chapeau. Depuis la condamnation du tueur à Los Angeles, le FBI s'était appliqué à établir des liens entre les lieux de ses multiples arrestations pour des faits mineurs et une série de meurtres non élucidés.

De ce travail minutieux, il ressortait que Samuel Little était peut-être coupable des meurtres de douze femmes au Texas au cours des quarante dernières années. L'un des dossiers les plus avancés concernait une prostituée retrouvée morte en 1994 contre le grillage d'un terrain vague, dans la ville d'Odessa. Comme les pauvres victimes de Los Angeles, Denise Christie Brothers avait été dénudée avant d'être étranglée. Le ranger décida de creuser ce cold case et contacta directement l'inspectrice Mitzi Roberts. Après plusieurs fax et quelques coups de tampon, il fut autorisé à aller questionner le détenu grabataire dans l'ombre de sa prison californienne. Au mois de mai 2018, James Holland s'envola vers la côte Ouest avec son chapeau, ses bottes et son pistolet de collection.

La rencontre entre le Texas ranger et Samuel Little se tint dans un parloir spécial du pénitencier sous le contrôle strict de Mitzi Roberts et de deux analystes du FBI du Violent Criminal Apprehension Program qui, ensemble, se tenaient derrière une vitre teintée. James Holland expliqua au prisonnier qu'il voulait « juste lui rendre visite ». Pas dupe, ce dernier lui répondit du tac au tac qu'il ne lui dirait pas un mot de plus parce qu'il avait été condamné à cause « de mensonges et de preuves maquillées ». James Holland fit mine d'acquiescer. Sur le ton de la confidence, il se permit quand même de préciser au condamné à perpétuité qu'on avait tort de l'accuser d'être un violeur en série. Une manière de l'amadouer en douceur, comme d'autres charment les serpents en leur jouant de la flûte. «Là, vous avez raison», répondit Samuel Little dans un large sourire.

Flatté dans les méandres gluants de son ego, Samuel Little baissa la garde. Alors que, jusque-là, il avait toujours été une tombe, il se mit enfin à parler. Au ranger Holland qui dégainait délicatement ses questions, il confirma qu'il avait bien passé du temps à Odessa. Puis il approfondit : les actes qu'il y avait commis méritaient au moins la chaise électrique. James Holland lui fit alors cette promesse : en échange de ses confessions pleines et entières, il remuerait ciel et terre pour que les juges l'épargnent. Saisissant la promesse au bond, ce vieux renard de Samuel Little lâcha le morceau d'un coup.

Oui, c'était lui qui avait tué Denise Christie Brothers. Il l'avait étranglée, puis avait balancé son corps au beau milieu de nulle part comme un ballot d'ordures. Son récit collait au geste près à ce qui était rédigé dans les documents d'enquête que James Holland avait avec lui. Le ranger pouvait aisément boucler le cold case et passer à autre chose. Mais alors qu'il s'apprêtait à conclure l'interrogatoire, Samuel Little remit lui-même une pièce dans la machine. Pendant qu'il y était, il avoua le meurtre de deux autres femmes au Texas. Et d'autres encore.

Au cours de phrases interminables à peine entrecoupées d'une respiration, il leva le voile sur une vie entière dédiée à la mort. Il raconta à James Holland que son premier meurtre remontait à 1970, quand il s'en était pris à une jolie blonde, à Miami. Il dit aussi que son dernier assassinat datait de 2005. Bien sûr, la victime était une femme et le meurtre avait eu lieu dans une ville du Mississippi à propos de laquelle il se souvenait seulement qu'elle avait quelque chose à voir avec la vie du célèbre crooner Elvis Presley. Devant le ranger James Holland, qui battait fébrilement le sol du bout de sa botte tant il n'en revenait pas, il avança avec froideur qu'il était le meurtrier de 34 femmes. Au minimum. Parce que, au bout d'un certain temps, il avait arrêté de compter.

« C'était une drogue, j'aimais ça. »

En quelques clics, les représentants du Violent Criminal Apprehension Program retrouvèrent une affaire concernant le meurtre d'une prostituée en 2005 à Tupelo, dans le Mississippi. Mais oui, bien sûr : Tupelo, la ville natale d'Elvis Presley. Le vieux Little avait donc dit vrai.

Le lendemain, James Holland retourna le voir en prison avec cette fois, sous le bras, un pli recommandé et signé de la main d'un procureur texan stipulant que ses déclarations ne lui vaudraient aucune condamnation à mort. Le tueur lut la lettre à haute voix. Il la brandit comme un diplôme et demanda au ranger de le prendre en photo. De cette manière, on ne pourrait jamais la lui faire à l'envers, gloussa-t-il juste avant qu'une toux ne fasse trembler la charpente ratatinée de son corps. Comme le ranger avait tenu parole, il fit une déclaration officielle de ses confessions de la veille.

Samuel Little avait été marié une fois et fiancé à deux reprises. Mais la femme qui avait le plus compté dans sa vie était sans nul doute sa vieille amie Jean. Un jour, elle avait témoigné en sa faveur devant la justice et, après ça, ils ne s'étaient plus jamais quittés. Ensemble, ils avaient partagé une vie d'errance et de misère à travers le pays. Ils avaient volé sur les étals, dormi à la belle étoile et avaient été sacrément heureux, confia Samuel Little, le sourire aux lèvres. Le vieil homme jura sur la tête de tous les dieux possibles que, jamais, il ne s'était attaqué à Jean ni à aucune des femmes qu'il avait aimées. Pour cela, il avait simplement fait en sorte de ne jamais poser son regard sur la courbe de leur nuque, ajouta-t-il en faisant claquer sa langue. Parce que c'était son péché depuis toujours, la raison de sa cruauté. Dès que Samuel Little avait trouvé la nuque d'une femme à son goût, il avait eu envie de la tuer.

Puisque la peine de mort n'était plus une épée de Damoclès tournoyant au plafond de sa cellule, Samuel Little accepta de raconter par le menu les horreurs qu'il s'attribuait. Il n'avait plus rien à perdre. Cette manifestation soudaine de bonne volonté était une occasion de s'octroyer le beau rôle là où il n'avait été que le diable. Son aide était providentielle et, après tout le mal qu'il avait fait, Samuel Little espérait qu'on l'applaudisse.

Pour son enquête, James Holland emmena le détenu sur ses terres, au Texas, à bord d'un avion à hélices spécialement affrété. Le tueur profita de la longueur du vol pour évoquer un meurtre qu'il avait commis en 1974, en Arizona. Son récit fut si précis qu'à l'atterrissage James Holland n'eut aucun mal à retrouver le cold case en question. Le ranger fit incarcérer Samuel Little à la prison du comté de Wise, dont les coursives comptaient principalement des voleurs de bétail et des escrocs qui avaient trafiqué des machines à sous. Durant de longues semaines, les deux hommes se retrouvèrent presque tous les jours face à face dans une salle équipée d'une caméra et d'un magnétophone. Les interrogatoires avaient lieu le matin, mais jamais trop tôt, car Samuel Little aimait faire la grasse matinée. Le vieil homme était d'humeur versatile, et pour qu'il ne rompe pas du jour au lendemain le fil ténu de leur relation, James Holland veilla à le gâter comme un enfant. À chacune de ses visites, il lui apporta, au choix, de la pizza grand format, plusieurs sandwichs au porc bouilli, du soda à la cerise et même du milkshake de chez Braun's, le meilleur de tout le comté. Il se permit aussi de lui donner du « Sammy » ou bien même « frangin ». Il le flattait régulièrement : « Je sais que tu as du coffre, frangin. Tu en as dans la cervelle. » Samuel Little se prit sans difficulté au jeu de cette étrange proximité. La bouche pleine et dégoulinante de ses repas, il se plut à appeler le ranger « Jimmy » tout en lui bourrant les côtes de chaleureux coups de coude.

Dans la salle d'interrogatoire, le policier et son prisonnier ressemblaient à deux vieux copains de billard, sauf qu'au lieu des blagues, seule la mort occupait leur conversation. Quand le premier posait une question à propos d'un meurtre, le second mettait sa mémoire à nu. Ses souvenirs fourmillaient de repères. Des dates et des villes. Des voitures, des couleurs. Il se rappelait par exemple qu'en 1983, lorsqu'il avait tué une femme à la sortie d'un cabaret de La Nouvelle-Orléans, il conduisait une Lincoln Continental bleu pétrole. En 1993, au moment d'un nouvel assassinat dans une chambre d'hôtel de Las Vegas, il roulait dans un modèle Eldorado jaune de chez Cadillac. La carte de ses aveux dessinait en fin de compte le parcours d'un beatnik des routes qui avait fait de l'Amérique son terrain de chasse. Il affirmait avoir tué dans pas moins de quatorze États. Au décor des grandes villes du pays s'ajoutait celui d'innocentes préfectures qui comptaient plus de magasins d'alcool que d'habitants ; de Monroe en Louisiane, jusqu'à la Floride et Fort Myers, en passant par Granite City, dans l'Illinois.

Pour les beaux yeux de son nouvel ami le ranger, Samuel Little prenait également la peine de rejouer le moment où il avait donné la mort. Évoquant le sort d'une de ses victimes en Arkansas, il se rappela qu'elle était en nage et qu'elle s'était mise à hurler lorsqu'il l'avait saisie par le cou pour la tuer.

« Elle se battait pour sa vie, et moi je me battais pour mon plaisir », précisa-t-il tandis qu'il se grattait paresseusement le menton du bout de son index potelé.

Samuel Little expliqua qu'il avait toujours aimé se masturber d'une main en même temps qu'il étranglait les femmes de l'autre. Les secousses de cette gymnastique sordide semblaient lui avoir procuré toutes les jouissances du Nirvana. Coincé sur son fauteuil roulant, il jappa comme un cocker en chaleur :

« Après avoir tué, j'étais au paradis ! C'était comme si j'étais au lit avec Marilyn Monroe ! »

Au cours de centaines d'heures d'entretien étalées sur plusieurs mois, Samuel Little confessa devant la caméra et le magnétophone du ranger James Holland exactement 93 meurtres perpétrés entre 1970 et 2005. C'était sans précédent. Si tout ce qu'il avait consenti à lâcher s'avérait exact, Samuel Little reléguerait loin derrière lui le triste champion Gary Ridgway, surnommé « The Green River Killer » et officiellement condamné pour la bagatelle de 49 meurtres commis dans les forêts de l'État de Washington au milieu des années 1980. Samuel Little deviendrait ainsi le tueur en série le plus meurtrier de l'histoire de l'Amérique.

Après l'avoir questionné, écouté et observé cligner des yeux, bailler ou bien taper du poing sur la table, le ranger pensait avoir saisi les motivations de Samuel Little. Le détenu ne cherchait pas la gloire du nombre en s'attribuant des crimes. Il voulait seulement qu'on reconnaisse ses actes. Il restait une question alors : comment le serial killer avait-il pu déployer sa folie mortifère pendant autant d'années sans que jamais la police parvienne à lui coller un seul cadavre sur le dos ?

Le ranger Holland comprit que la réponse était d'une terrible simplicité. Samuel Little avait rencontré chacune de ses victimes au coin de la rue, dans des quartiers où il n'y avait rien à faire à part traîner, où les lumières des lampadaires ne marchaient pas bien, et où la majorité des gens parlaient d'abord à leur ombre. Ses victimes étaient des prostituées qui bradaient leur passe, des toxicomanes à qui il manquait une dose ou bien des fugueuses qui avaient marché pendant des jours pour oublier ce qui les attendait chez elles. Des pauvres filles qui n'avaient plus d'histoire et qui ne manqueraient à personne si elles disparaissaient dans la nuit.

De fait, on ne les avait jamais vraiment réclamées, et on n'avait jamais estimé que leur cadavre méritait une enquête en bonne et due forme. Durant plus de trente ans, Samuel Little s'en était donc toujours sorti parce qu'il s'en était pris à des marginales que la société avait déjà enterrées. Les multiples vérifications auxquelles procéda James Holland avec l'aide des agents du FBI et de l'inspectrice Mitzi Roberts révélèrent que, pour chaque ville où Samuel Little disait être passé à une date précise, il existait un cold case correspondant. Une multitude d'affaires archivées au fond des annales de la police depuis des lustres épousaient les contours de ses confessions.

La suite du travail consista à entrer en contact avec chacun des commissariats qui avaient la responsabilité de ces différents cold cases pour leur annoncer qu'une nouvelle piste, et pas des moindres, venait d'émerger. Des dizaines d'inspecteurs débarqués de toutes les contrées d'Amérique se mirent à défiler dans la salle d'interrogatoire de la prison du comté de Wise. À la chaîne, ils vinrent interroger Samuel Little dans l'espoir de boucler leurs vieux dossiers respectifs. Ce manège incessant ravissait le tueur. Couvé par le regard de son ami le ranger Holland, il avait l'impression de tenir audience sur son fauteuil roulant tel un vieux sage assis sous un chêne. Avec ses souvenirs en magasin, il contentait ses visiteurs du mieux qu'il pouvait, comme s'il cherchait sincèrement à leur être utile.

Parmi les 93 meurtres revendiqués, deux d'entre eux avaient en effet été commis dans la petite ville du Mississippi qui, se rappelait-il, était traversée par un fleuve bruyant qui avait la couleur de la purée aux marrons. Samuel Little était catégorique: il avait tué là-bas une fille qui s'appelait Melinda LaPree et une autre aussi, une Noire, qu'il avait envoyée valser sous un amas de ronces, mais dont il peinait pour l'instant à se remémorer le nom.

James Holland chargea Mitzi Roberts de transmettre ces précieuses informations à la police de Pascagoula. Elle se dépêcha de composer le numéro de son camarade Darren Versiga. Il devait aller interroger Samuel Little en tête à tête.

Lorsque Mitzi Roberts lui annonce au bout du fil, ce matin d'automne de 2018, que Samuel Little a fini par raconter ses secrets, l'inspecteur ressent une émotion si puissante qu'elle lui coupe le souffle pendant quelques secondes. L'oreille en sueur collée au téléphone, il boit plusieurs longues gorgées de café pour mieux réaliser l'immensité de la nouvelle, et tant pis s'il en met un peu partout sur sa chemise. Il est prêt à parier son insigne que cette inconnue abandonnée dans les fourrés de Pascagoula est bien la Jane Doe du sous-bois. Darren Versiga est heureux de se dire que ses premières intuitions étaient les bonnes. Bien sûr qu'il va rendre visite à Samuel Little, répond-il gaiement à Mitzi Roberts. S'il l'interroge avec suffisamment d'habileté, il est convaincu qu'il finira par se souvenir du nom de Jane Doe. Ou alors, au fil de leurs échanges, il débusquera un indice qui le mènera d'une manière ou d'une autre jusqu'à elle. Bientôt, il saura qui est cette femme, frétille-t-il déjà.

Sans qu'il ait besoin de trop argumenter, Darren Versiga reçoit la bénédiction de son chef pour se rendre à la prison du comté de Wise. Pour l'occasion, il sera accompagné de Joe Bignell, un jeune agent en détachement auprès du bureau local du FBI. Mais alors que les deux hommes s'apprêtent à partir en voiture, un problème inattendu de calendrier menace de faire capoter leur mission.

Drew doit participer ces prochains jours à une grande compétition lycéenne d'éloquence qu'il prépare avec enthousiasme depuis longtemps. S'il va au Texas, l'inspecteur risque de ne pas être rentré à temps pour assister à la présentation de son fils. Pour sa femme, c'est absolument inconcevable. Au diable le serial killer et l'enquête !

Elle somme Darren Versiga de rester à Pascagoula pour satisfaire ses obligations de père aimant. L'inspecteur ne cherche pas à négocier. Au nom de la paix conjugale, il est prêt à remiser son voyage à plus tard. C'est compter sans le soutien providentiel de son fils. À force d'entendre le nom de Samuel Little revenir en boucle dans la bouche de son père depuis l'enfance, Drew sait à quel point cette confrontation avec le tueur est cruciale. Il admire son père et ne souhaite rien d'autre que de le voir partir à l'aventure pour l'admirer encore plus. Il lui dit :

« Ne t'occupe pas de ce que dit maman. Va au Texas, c'est le plus important. »

Darren Versiga lui promet qu'il sera de retour le jour de son concours.

11

La voiture file à travers les paysages de l'Amérique chaude et profonde qui, les uns après les autres, apparaissent comme autant de fresques immenses. Elle passe par les marécages de Louisiane, dont les hautes vapeurs dessinent dans l'air des formes à l'allure de mauvais esprits. Elle s'engouffre dans la partie vallonnée du Texas – où des taureaux paissent en troupeau de cent dans une odeur horrible de foin industriel, de purin et de feu – puis roule enfin sur une lande tourbeuse que le poinçon tranchant des chevalements gaziers darde de part en part.

Tandis que Joe Bignell tient le volant sans jamais quitter l'horizon du regard, l'inspecteur Versiga relit l'intégralité de ses notes, compilées depuis plusieurs années maintenant, à propos de Samuel Little, de Melinda LaPree et de la Jane Doe du sous-bois. Il se refait mentalement l'histoire du tueur sous le ciel de Pascagoula. Il l'imagine toisant les policiers qui l'accusent du meurtre de Melinda LaPree en 1982. Il le voit quitter le commissariat d'un air satisfait et reprendre le cours de ses expéditions maudites.

Darren Versiga se demande comment mener la conversation qui l'attend à la prison du comté de Wise. Quel ton devra-t-il adopter et quels gestes faudra-t-il qu'il évite à tout prix devant Samuel Little, cet homme dont les obsessions ont fini par l'ériger en monstre numéro un ? Il essaye d'anticiper les réactions et les réponses du serial killer. Darren Versiga n'est pourtant pas nerveux pour un sou. Il est impatient d'y être, c'est tout. Il veut faire remonter à la surface le moindre souvenir que Samuel Little peut avoir de Jane Doe. Et, au-delà de son enquête, c'est une occasion unique d'affronter le tueur droit dans les yeux, de capter l'extraordinaire noirceur de son âme et peut-être sa part d'humanité. Un moment rare dans une carrière de policier.

Sur le trajet, Darren Versiga et Joe Bignell s'arrêtent dans un restaurant de la franchise Bucky's trônant au bord de l'autoroute pareil à une oasis. Au milieu de vieux chauffeurs routiers aux avant-bras recouverts de tatouages colorés, ils engouffrent un hamburger spongieux accompagné d'une citronnade si sucrée qu'elle picote la glotte. Ils passent aux toilettes pendant de longues minutes, puis font le plein d'essence à l'aide d'une carte d'abonnement spéciale que leur a confiée le commissariat et ils repartent. Aux fenêtres de la voiture défilent les étendues lunaires propres aux forages texans. Pascagoula est maintenant loin derrière. Ce long voyage fait de routes rectilignes lui en rappelle un autre, des années plus tôt.

Lorsque son père décéda en 2003, Darren Versiga le fit enterrer au cimetière public du comté de Jackson, à Pascagoula. Juste à côté de la jolie pierre tombale sous laquelle reposait dorénavant le vieux Kenny, l'inspecteur remarqua dans l'herbe quelques jouets en plastique ébréchés que l'on avait manifestement disposés là exprès. Un enfant devait être enterré à cet endroit, mais aucun nom n'était indiqué. Curieux, Darren Versiga alla sonner à la porte du gardien du cimetière pour connaître l'histoire du petit voisin de son père. Il lui expliqua qu'il s'agissait d'un garçonnet mort en se noyant dans son bain, et dont la mère était trop pauvre pour payer une pierre tombale. L'inspecteur fut parcouru d'un frisson. Avoir son nom gravé dans la pierre était la dernière trace de notre existence. Il eut alors une idée:

il acheta une pierre tombale taillée dans un marbre bon marché et fit graver dessus le nom du petit garçon. Puis, au moyen d'une brouette et d'une pelle, il alla l'installer lui-même. De cet hommage, qui coûta seulement quelques dollars et un peu de jardinage, naquit un nouveau projet. Avec l'aide de sa femme, Darren Versiga créa une association solidaire dont l'unique but était de lever des fonds afin d'offrir des pierres tombales aux morts qui n'en avaient pas. Ils s'appelleraient « les Anges gardiens ». Après avoir créé hâtivement une plateforme de donation en ligne, Darren et Jessica Versiga commencèrent par communiquer sur les réseaux sociaux. Les journaux du Mississippi relayèrent aussi l'initiative, tout comme le célèbre site « Find a Grave » dont l'étonnante spécialité était de recenser chaque tombe de chaque cimetière des États-Unis. Un bouche-à-oreille rudement efficace se mit en action. Les dons affluèrent. Des dizaines de personnes leur écrivirent à propos de vieilles tombes qui, par chez eux, n'avaient pas de nom. En un rien de temps, ils se retrouvèrent à piquer des petits drapeaux sur une bonne partie de la carte américaine. Voilà qu'on réclamait leur aide du golfe du Mexique jusqu'à la pointe de la Floride, et aussi dans le Nord du pays, dans des régions aux hivers durs comme la Pennsylvanie, l'Ohio et le Massachusetts. Ils ne leur restaient plus qu'à se mettre à la tâche.

Avec l'argent des dons, ils achetèrent un lot de pierres tombales en marbre à 50 dollars pièce chez Mississippi Mortuary Marble, un fabricant installé à la sortie de Moss Point. Ils les firent graver au nom de tous ces gens qu'ils ne connaissaient pas et, non sans effort, les chargèrent à l'arrière d'un camion de location. Fin prêts, ils profitèrent d'une semaine de vacances qu'ils occupaient d'ordinaire en allant à la plage pour partir en vadrouille d'une tombe à l'autre jusqu'au bout de l'Amérique. Leur périple les mena dans des cimetières de rase campagne qui s'étendaient en parfaits damiers sur plusieurs hectares, dans de petits enclos garnis de charmants bouquets d'hortensias à l'ombre d'une église baptiste ou méthodiste et sur des terrains bosselés qui, placés sous le raffut de bretelles de périphérique, semblaient aussi servir de décharge.

Darren et Jennifer Versiga aménagèrent la stèle d'un grand nombre de défunts délaissés par leurs proches depuis longtemps. Il leur arriva aussi de rencontrer les familles de ceux dont ils apportaient le nom en lettres de pierre. À chaque fois, ce fut l'occasion d'émouvantes effusions de joie, comme à Fort Walton, autour de la sépulture de Ray Ray, un jeune garçon de 14 ans mort dans une course de voitures. Son corps avait été réduit en miettes. C'étaient les proches de la mère de l'adolescent qui avaient contacté les Anges gardiens, ils voulaient lui faire une surprise. Rendez-vous fut donné sur le parking d'un restaurant de poissons. Darren et Jennifer Versiga les y attendaient, avec leur camion débordant de marbre. Ils remirent à la mère une pierre tombale frappée du nom de Ray Ray. Sous les sourires et les applaudissements, la pauvre femme, qui s'attendait à tout sauf à ça, tomba en larmes dans les bras de ses bienfaiteurs venus de loin.

Cette semaine-là, les Anges gardiens de Pascagoula livrèrent avec succès chacune des pierres tombales de leur coffre. Malheureusement, après cette épopée de plusieurs milliers de kilomètres, ils n'eurent plus jamais le temps de repartir sur les routes.

Des années plus tard, alors qu'il se trouve sur le siège passager d'une voiture traversant le Texas, l'inspecteur Versiga est habité par la même ardeur. Engagement civique sur son temps libre ou inspecteur de police, il s'agit du même sacerdoce. Darren Versiga a la passion des oubliés. Il veut les retrouver, parce que personne, selon lui, ne mérite d'être abandonné aux ténèbres. Cela peut paraître un peu présomptueux, mais il a l'impression de rendre service à l'humanité.

Joseph Bignell et Darren Versiga roulent encore des heures sans prendre le temps de s'arrêter ni de se parler. Il commence à être tard et on dirait que les policiers suivent le soleil qui se couche au loin, comme on se laisse guider par l'étoile du berger. Enfin, juste avant que la nuit ne tombe, ils entrent dans Decatur, le chef-lieu du comté de Wise. Une petite ville au milieu de nulle part, traversée du nord au sud par une longue rue baptisée Farm to Market Road dont les feux mettent une éternité horripilante à passer au vert. Les rues sont désertes et le vent soulève d'épais paquets de sable. Les policiers de Pascagoula posent leurs valises au Fairfield Inn and Suites, un motel bon marché à l'ouest du bourg, où ils sont les seuls clients. De l'autre côté de la route, derrière des rangées d'arbres morts, un grand ensemble de bâtiments aux toits plats disposés en étoile. C'est la prison du comté de Wise.

Très tôt le lendemain matin, Darren Versiga se réveille le corps et l'esprit endoloris par son interminable voyage. Le petit déjeuner continental servi à l'accueil du motel l'aide à se remettre d'aplomb. Il avale un bol de céréales au miel, un beignet au sucre et un verre de jus d'orange qui a le goût de sirop pour la toux. Le voilà paré pour défier le diable de l'autre côté de la route.

Suivi comme son ombre par l'inspecteur Joseph Bignell, il se présente devant la grande porte en fer de la prison avec, sous le bras, une épaisse liasse de rapports, de cartes et de photos. Les gardes en faction derrière leur guérite comprennent le motif de leur venue sans même le leur demander.

« Ça fait des semaines qu'il n'en y a que pour Samuel Little ici », soufflent-ils avec un clin d'œil.

Darren Versiga et Joseph Bignell sont reçus par James Holland. Après de chaleureux salamalecs, le ranger se raidit comme une matraque. Il met en garde ses visiteurs : quand ils seront assis en face du serial killer, il s'agira de ne pas trop le pousser dans les retranchements de sa psyché. Il ne faudra pas lui demander d'expliquer les raisons qui l'ont poussé à commettre l'irréparable. Sinon, il se mettra à gronder et ils devront déguerpir. Samuel Little a besoin qu'on le cajole.

Il est l'heure, maintenant. James Holland conduit les inspecteurs dans le dédale de la prison jusqu'à une pièce étroite comme une boîte d'allumettes. Une cabine sans fenêtre décorée d'un papier peint jaune et inondée par une puissante lumière de laboratoire. À droite, une table en bois verni est disposée le long du mur. Dessus se trouvent deux paquets de mouchoirs et une bouteille d'eau avec une pile de gobelets. Il y a trois chaises. Samuel Little est assis d'une manière paresseuse sur celle qui se trouve de l'autre côté de la table. Il est vêtu d'une combinaison de détenu de couleur grise et il porte aux pieds d'épaisses chaussures orthopédiques en plastique orange. Son fauteuil roulant est garé à portée de main. Le serial killer a 78 ans et il a l'air épuisé, plus rabougri encore qu'au procès de Los Angeles. Une multitude de taches brunes parsèment les traits chiffonnés de son visage. Il bave. Son diabète le ronge dangereusement et pourtant, malgré la maladie, le galbe de sa silhouette témoigne encore un peu de la brute qu'il a été. Il a le torse épais comme un coffre-fort et ses bras sont de vrais rondins de bois. Le ranger Holland, entré en premier dans la salle d'interrogatoire, présente à Samuel Little les deux inspecteurs qui se tiennent au garde-à-vous contre la porte.

« Ils sont là pour te parler en détail des filles du Mississippi. Je sais qu'elles comptent pour toi, frangin ! »

Le regard abyssal du prisonnier s'illumine.

« Les histoires de Pascagoula, c'est ça ? dit-il en mâchouillant les consonnes de sa grosse voix pèquenaude.

— Pascagoula, oui ! » lui confirme à la volée Darren Versiga.

L'inspecteur s'avance vers Samuel Little et le salue par-dessus la table d'une franche poignée de main qu'il a répétée pendant des années devant sa glace. Il le touche. Il sent sa peau grasse et molle contre la sienne. Elle le dégoûte, mais il sourit pour ne pas le montrer. Pendant un bref instant, le silence saisit les deux hommes qui se font face. Darren Versiga sent que le tueur le sonde, et il n'ose rien dire. Il se demande si Samuel Little va se rappeler que leurs chemins se sont déjà croisés, il y a quatre ans, dans le décor solennel du tribunal de Los Angeles. Ce serait très ennuyeux. Malgré ses manières sympathiques de repenti, le serial killer n'a jamais cessé de ruminer le jour de sa condamnation à perpétuité. Il a confié au ranger qu'il maudirait jusqu'à la fin de ses jours ceux qui ont témoigné contre lui en Californie. Si Samuel Little reconnaît Darren Versiga, c'est le retour illico à Pascagoula.

« Je ne vous ai pas déjà vu, vous ? » lui lance finalement le serial killer d'un coup de menton inquisiteur.

Pris au dépourvu, Darren Versiga se contente d'acquiescer dans un murmure tremblotant :

« Si, si. Vous avez raison… »

Samuel Little sent qu'il vient de ferrer quelque chose. S'il en avait la force, il se lèverait de sa chaise. Il veut savoir.

« Mais où est-ce que c'était ? Vous êtes déjà venu ici ? »

Darren Versiga est incapable de formuler la moindre réponse. Il a l'impression que tout ce qu'il dira permettra à Samuel Little de le démasquer en un coup de cuillère à pot. Il rougit, et des traces de sueur apparaissent sur son polo. James Holland, qui le sent fébrile, reprend in extremis la conversation en main. Il détourne l'attention de Samuel Little, il doit très certainement confondre, lui dit-il avec juste ce qu'il faut de sérieux dans la voix pour rendre son histoire crédible.

« Tu penses à l'autre type du Mississippi avec de la barbe. Darren, lui, il s'est aussi démené comme un dingue pour que tu ne sois pas condamné à mort, et je sais que ça, c'est important pour toi. »

Comme à chaque fois que le ranger lui parle sur ce ton, Samuel Little dodeline de la tête. Le vieil homme prend le mensonge pour argent comptant. Le volcan de sa curiosité s'éteint aussi vite qu'il s'est mis en éruption. Darren Versiga est tiré d'affaire. Il peut s'asseoir à la table du tueur. Devant lui, il étale d'un geste fébrile sa paperasse. L'inspecteur Bignell, qui n'a pas dit un seul mot durant tout ce temps, s'installe à son tour, prêt à prendre en note avec son crayon bien taillé et son carnet à grands carreaux la moindre respiration de Samuel Little. Le ranger Holland s'apprête à les laisser, mais juste avant il met à l'aise les deux policiers de Pascagoula : ils ont le temps qu'ils veulent pour trouver les réponses à leurs questions. Il referme la porte derrière lui. L'interrogatoire peut commencer.

Le serial killer est là, à quelques centimètres de Darren Versiga. Il continue de le dévisager avec l'intensité d'un vieux loup aux aguets. Il ricane, à moins que ce ne soit le bruit d'un hoquet. L'inspecteur ne sait pas encore comment commencer l'interrogatoire. Il pose ses mains à plat sur la table puis les ramène de chaque côté de ses hanches, avant de se mettre à triturer nerveusement ses papiers. Finalement, il choisit de garder ses doigts entre ses cuisses. Darren Versiga veut installer une atmosphère de confiance qui permette de tenir efficacement à l'écart le mauvais souvenir de Los Angeles. Il doit faire en sorte de s'attirer la complicité et la bienveillance de Samuel Little. Il a une idée. On lui a raconté que le serial killer se vante dans les coursives d'avoir été un boxeur de talent dans sa jeunesse. Malgré l'enfer qui les sépare, cela leur fait un point commun. L'inspecteur convoque toute l'amabilité dont il est capable pour titiller l'intérêt de Samuel Little.

« Tous les deux, on est des durs, Samuel. Moi aussi, je suis un boxeur.

— Ça alors, c'est pas vrai ! Dans quelle catégorie ?

— J'ai commencé en lourd-léger, et puis j'ai fini chez les lourds. Vous avez vu comment je suis fait ? J'ai gagné plusieurs combats en professionnel. J'aimais bien me battre. Ça doit vous parler, ça ! »

Samuel Little laisse sa vieille carcasse glisser sur sa chaise. Il se masse énergiquement les cuisses en grondant de plaisir. Il est flatté comme tout que Darren Versiga parle de sa vieille passion et qu'il ne le réduise pas ainsi à ses aveux. Samuel Little commence à raconter ses histoires de boxe du temps où il vivait encore dans l'Ohio. Il dit à Darren Versiga qu'ils sont des frères d'armes parce que lui aussi boxait chez les lourds-légers. Le plus sérieusement du monde, il affirme qu'il compte à son actif bien plus de victoires que de défaites. Son direct du droit avait la force d'un vrai coup de burin comme on en donnait à l'usine près de chez sa grand-mère. Sur les affiches de ses combats, on l'appelait « The Mad Daddy », « The Mad Fury », ou bien encore « The Machine Gun ».

Dans la promiscuité de la salle d'interrogatoire, Samuel Little mime avec une vigueur soudainement retrouvée le geste ferme, sans pitié, de sa *vista* d'avant. Il se croirait presque sur un ring. Il est à présent parfaitement à l'aise face à Darren Versiga. En fin stratège, l'inspecteur en profite pour amener le sujet qui l'intéresse. Il raconte qu'un jour il a déterré un dossier de police comme il n'en avait jamais connu de toute sa carrière. Il parle d'une victime qui n'est plus qu'une ombre. Il dit à Samuel Little que cette enquête l'a mené jusqu'à lui. Pour trouver la vérité, l'inspecteur a besoin que le tueur l'aide. Il veut entendre ses souvenirs.

« J'ai une mémoire assez incroyable. Je me souviens de tout depuis que j'ai 3 ans, je pense. Je me rappelle de mes premiers pas dans la neige. Un peu comme vous, vous vous rappelez plein de choses. J'ai l'impression que l'on est un peu faits pareil. Pascagoula, ça vous dit quelque chose ?

— Parfois les souvenirs s'effacent, ou alors on fait exprès de les oublier. Mais pour être honnête, je dois vous dire, je suis déjà allé à Pascagoula. »

12

Délicatement, Samuel Little tapote de ses gros doigts noueux la table de la salle d'interrogatoire. Il semble répéter dans sa tête la partition de ses confessions. Quitte à le brusquer un peu, Darren Versiga pose une question sans détour. Il lui demande s'il se souvient d'avoir rencontré une femme noire à Pascagoula en 1977. C'était en été. Au début du mois d'août, pour être tout à fait précis. Samuel Little ne répond rien. Il continue de jouer avec ses doigts. Une façon peut-être de donner le rythme de la discussion, de signifier à l'inspecteur qu'il est chez lui, dans cette prison devenue sa tanière, et qu'il est le seul maître des jeux. Enfin, il grogne une réponse qui a la valeur d'une introduction.

« La nana dont vous parlez, boss, je n'ai pas fait sa connaissance à Pascagoula. C'est à Gulfport que ça s'est passé. Il était tard, et elle buvait un coup dans le bar qui se trouvait juste en face de chez elle. »

Ces quelques mots saisissent Darren Versiga. La cocotte de son imagination chauffe illico. Il se représente un comptoir taché contre lequel viennent s'échouer après minuit des corps brûlants. Il se dit que Jane Doe est là, sous la lumière poussiéreuse d'un vieux lustre qui éclaire à peine son visage maladroitement maquillé. Elle boit une gorgée cul sec d'un alcool fort parce qu'elle a envie de sentir son cœur battre. Seule, elle doit attendre que l'on vienne changer le cours de sa vie.

Samuel Little voit bien que l'inspecteur Versiga est tourneboulé par ce qu'il vient d'entendre. Il sourit mais ce n'est pas de la malice. Le serial killer a l'air simplement ravi que ses souvenirs puissent être à ce point dignes d'intérêt. Il poursuit sur sa lancée. Il plisse la bouche, et sa voix caverneuse prend un ton étonnamment badin. Pour l'instant, on jurerait que son histoire n'est qu'une gentille fable.

« Je suis entré dans le bar et je l'ai tout de suite remarquée. Elle avait la peau très noire. Elle portait une perruque. En dessous, ses cheveux semblaient tressés. Disons qu'elle était plutôt mignonne. Je me suis assis juste en face d'elle. Je lui ai payé une bière et on s'est mis à discuter. Elle m'a raconté qu'elle venait du Nord du Mississippi et qu'elle était venue à Pascagoula pour travailler sur les chantiers navals d'Ingalls. Là-bas, elle faisait partie d'une équipe assignée à la confection des tuyauteries des navires. C'était une ouvrière, elle avait les mains calleuses. On a papoté pendant quelque temps et puis, à un moment, elle m'a invité chez elle. On a traversé la rue. La fille vivait avec un type, son colocataire, rien de plus. Quand il m'a vu arriver, celui-là, il m'a mal regardé. Je me suis dit : "Mince, il va m'embêter, lui." J'ai alors filé aux toilettes pour la grosse commission. J'en pouvais plus. J'en ai fichu partout, c'était pas beau à voir. Je devais être un peu malade. Après mon passage, elle a pris le temps de laver les toilettes. Elle a tout passé à la serpillière. C'était une bien gentille fille, elle. Fallait être vraiment sympa pour s'occuper de mes saloperies. Elle était franchement bonne à marier. »

Samuel Little explique qu'il a ensuite proposé à la jeune femme d'aller faire un tour. Elle a accepté et il l'a fait monter dans sa voiture. Pendant qu'il roulait vers l'est avec les fenêtres grandes ouvertes – parce qu'il faisait très chaud cette nuit-là –, il a susurré à l'oreille de sa cavalière qu'ils allaient bien s'amuser ensemble. Ils sont allés dîner dans un restaurant du quartier mal famé de Carver Village, à Pascagoula.

Il se rappelle aussi que, après avoir bien bu et bien mangé, ils se sont pris par la main.

Et puis soudain, le récit de Samuel Little se met à patiner. Alors qu'une écume pâteuse sèche au coin de ses lèvres, le serial killer dit qu'il ne sait plus très bien comment tout s'est passé ensuite. Il se met à bredouiller. Il renifle. Au bout d'une courte suite de râles, il évoque d'épais buissons à l'abri des regards, quelque part, non loin de Carver Village. C'est là-bas qu'il a réglé son compte à la fille du bar, dit-il. Son souvenir, aussi vague soit-il, n'en constitue pas moins un élément d'interrogatoire extrêmement intéressant. Ces buissons font penser à la partie du sous-bois où les restes de Jane Doe ont été retrouvés en 1977. L'inspecteur Versiga dégaine de sa poche un feutre noir : sur le recto vierge d'une de ses pages de notes, il entreprend de dessiner la carte de ce quartier de brumes et de fumées, situé entre Carver Village et le sous-bois de Moss Point, tel qu'il existait en 1977. Le long d'une ligne épaisse qui sert à désigner l'autoroute numéro 90, il indique la direction de Biloxi vers l'ouest et celle de Mobile, à l'est. Il note l'adresse du restaurant où Samuel Little a emmené sa victime manger un morceau. Il place le Kings Inn, l'hôtel délabré où les prostituées de Carver Village embarquaient leurs clients, et aussi le long muret sur lequel les vieux habitants des environs s'asseyaient pour refaire le monde jusqu'au milieu de la nuit. De là, il ne lui manque que quelques traits pour tracer le parcours jusqu'au sous-bois de Moss Point, en passant par l'est. Il dessine une série de petites routes à travers champs et arrive rapidement à la grosse croix qui représente l'emplacement exact où Jane Doe est morte.

Ce trajet ressemble effectivement à celui de Samuel Little, ce jour-là, avec sa victime : il n'a pas emprunté l'autoroute et il a pris la direction de l'est, puisqu'il se souvient maintenant qu'il filait vers Mobile. Il avait aussi traversé une zone boisée, mais il n'est pourtant pas certain de reconnaître la carte griffonnée sur un bout de papier. Quand même, c'était il y a longtemps, s'excuse-t-il, un peu penaud. Ses yeux balayent le sol. Il cherche le moindre souvenir qui vaille le coup. Sa mémoire agit comme un puissant tourbillon d'images qui le ballotte dans tous les sens.

Il y a une chose dont il est à peu près certain, finit-il par lancer à l'inspecteur Versiga. À l'endroit où il s'est débarrassé du corps trônait, pareil à un totem de la forêt, un poteau électrique dont le sommet luisait sous les étoiles. Il s'était demandé ce que ce machin pouvait bien ficher là, au beau milieu de nulle part.

Darren Versiga hachure machinalement les coins de sa carte pour calmer son excitation. Il pense au poteau électrique sur lequel il est lui-même tombé à l'entrée du sous-bois de Moss Point en suivant scrupuleusement les indications du vieux Jackie Walker Jr. C'est à son pied que les ossements de Jane Doe ont été retrouvés. Il ne peut pas y avoir de hasard, pense l'inspecteur.

Darren Versiga demande ensuite au serial killer s'il est bien certain que le crime dont il s'accuse est arrivé en 1977. Samuel Little se masse les tempes et laisse des marques sur sa vieille peau parcheminée. Après un petit bruit de bouche satisfait, il répond que c'est bien cette année-là. Il en est sûr. En 1977, il avait échangé chez un carrossier véreux de Gulfport la vieille Ford Thunderbird blanche contre le même modèle d'occasion, en noir. C'est dans cette nouvelle guimbarde qu'il avait été arrêté par la police de Pascagoula pour une histoire de vol à la petite semaine. Et c'est à son volant aussi qu'il avait embarqué la fille du bar pour aller assouvir ses pulsions. Darren Versiga se contient pour ne pas déchirer la torpeur ouatée de la salle d'interrogatoire d'un bruyant hourra. Tout concorde : la perruque qui couvre les cheveux tressés de la fille, les fourrés perdus aux abords de la ville, la cime du poteau électrique qui surgit dans l'ombre, et la chaleur de l'été 1977.

Samuel Little a vraisemblablement tué la malheureuse Jane Doe, jubile en silence Darren Versiga. L'inspecteur farfouille parmi sa documentation. Il en extrait une copie cornée de la reconstruction faciale en plâtre. L'inspecteur montre à Samuel Little le visage aux pommettes saillantes et au nez fier que Jane Doe devait avoir. Si le serial killer la reconnaît, ce sera définitivement lui le coupable, se dit l'inspecteur Versiga. Mais Samuel Little ne jette au cliché en noir et blanc qu'un coup d'œil distrait. Il se tortille sur sa chaise comme un vieux lombric. Quelque chose l'embête, semble-t-il.

« Boss, je peux aller aux toilettes, vous pensez? Ça urge... », murmure-t-il finalement à Darren Versiga.

À un moment crucial de l'interrogatoire, la trivialité de cette demande désarçonne l'inspecteur. Le serial killer le plus prolifique de l'histoire américaine, le monstre national numéro un, le diable dans son incarnation absolue veut aller sur le pot parce qu'il est aussi un vieil homme avec de malencontreuses urgences.

Darren Versiga ne peut s'empêcher de rigoler. En quelques gestes maladroits, il aide Samuel Little à transporter sa charpente boursouflée de sa chaise à son fauteuil roulant. Il prend place derrière lui et le fait rouler vers les toilettes. À travers les coursives de la prison, les deux bonshommes cheminent ainsi l'un derrière l'autre en parlant du jeu de jambes du magnifique Sugar Ray Robinson, des différences entre la friture du Mississippi et celle du Texas et de l'élégance indémodable des modèles *seventies* de la Thunderbird, de tout sauf de la Jane Doe du sous-bois.

Darren Versiga ramène vite le vieux prisonnier dans la salle d'interrogatoire. Dans un même grincement fatigué, chacun s'échoue lourdement sur son siège de part et d'autre de la table. À côté, l'inspecteur Joseph Bignell a toujours son carnet de notes ouvert. Samuel Little doit maintenant examiner le portrait avec attention. Il penche la tête de telle sorte qu'il s'avachit presque sur la table et, de son regard de bête, il dévore le visage de Jane Doe.

De ses ongles crochus, il parcourt délicatement les lignes de son profil. Samuel Little fronce ses sourcils hirsutes. Il se gratte entre les yeux. Il voudrait se dire que c'est elle, mais rien n'y fait : il ne la reconnaît pas. D'aussi loin qu'il se souvienne, il n'a jamais croisé cette Jane Doe aux charmants traits de plâtre. Il l'affirme sans hésitation.

L'inspecteur Versiga déglutit péniblement. L'immense espoir de vérité qui bouillonnait en lui vient de voler en éclats. La certitude de Samuel Little l'empêche d'en faire pour de bon le meurtrier de Jane Doe. Si le serial killer ne reconnaît pas le portrait, c'est comme si toutes les pièces du cold case lui glissaient entre les mains telle une poignée de sable. Il va devoir recommencer de zéro. L'inspecteur Versiga voulait faire de cet interrogatoire l'épisode le plus glorieux de sa vie d'enquêteur et, pourtant, il ne s'est jamais senti aussi démuni. Pour éviter que son infortune le fasse trop gamberger, il choisit de rebondir sur un autre sujet.

Il pose à présent des questions sur Melinda LaPree. On a retrouvé son cadavre en pleine décomposition à Pascagoula, tout près d'un cimetière, en 1982. Dans cette affaire, les quelques témoignages récoltés à l'époque par la police avaient fait de Samuel Little le coupable désigné, mais les juges avaient finalement décidé de le laisser tranquille. Face à l'inspecteur Versiga, Samuel Little confesse aujourd'hui dans les moindres détails le meurtre de Melinda LaPree. En l'occurrence, il reconnaît son visage. Il se souvient aussi de son nom.

Cet aveu ravive en un instant la mémoire fragile du tueur. Samuel Little se met à dégueuler quelques fragments de son histoire pour le simple plaisir de faire la conversation à Darren Versiga et à Joseph Bignell. Il mentionne une petite échoppe dans le Nord du Mississippi, qu'il a tenue un temps avec son ami Jean, et leur fabuleuse spécialité de poulet à la créole. Il se rappelle une prison en Floride qui ressemblait à une vieille grange tant elle était vétuste. Il décrit une voiture, une autre Thunderbird, qu'il conduisait du temps où il rôdait en Géorgie et qu'il a malheureusement fini par envoyer à la casse. Samuel Little se dandine et s'esclaffe. Il s'amuse de ses souvenirs avec nostalgie. Accoudé à la table, il finit par raconter une de ses virées à Jackson, la capitale du Mississippi. Il roulait dans un van, de couleur verte cette fois-là. À la sortie d'un endroit où l'on faisait beaucoup la fête, il avait fait la connaissance d'une fille plutôt jolie, avec une taille menue et des mains d'enfant. Après l'avoir complimenté, il l'avait convaincue de partir à l'aventure avec lui dans son van.

« Pas loin d'une épicerie, on est tombés en panne. J'en ai profité pour tuer la petite nénette. J'ai laissé son corps sur la banquette arrière. Le truc, c'est qu'au même moment un Blanc a débarqué de nulle part pour me proposer son aide avec le van. J'ai vite baissé mon siège pour qu'il ne voie pas le corps. Il est parti, finalement. J'ai réussi à faire redémarrer le moteur tout seul et je suis reparti comme si de rien n'était. Je me suis arrêté au bord d'une route. J'ai pris la nénette dans mes bras, et je l'ai balancée dans un fossé. Son corps a roulé sous les déchets et a disparu. Des policiers sont toujours sur l'affaire. C'est une bonne chose. »

Darren Versiga en a assez entendu. Il est temps de conclure l'interrogatoire. Mais au lieu de remercier sans effusions Samuel Little pour sa collaboration puis de tourner dignement les talons, il est pris d'un caprice qui ne va pas tout à fait avec le protocole. L'inspecteur de Pascagoula veut un souvenir avec le diable, et pas n'importe lequel. Timidement, un peu gêné par sa propre légèreté, il demande à Samuel Little :

« Vous êtes un type sympa, Sammy, et j'aimerais prendre une photo avec vous si ça ne vous dérange pas. On pourrait poser comme des boxeurs, vous et moi. Ça vous dit ? »

Samuel Little accepte volontiers. Malgré ses jambes vieilles et malades, il se met debout tant bien que mal afin de défier Darren Versiga pour la postérité. Avec son téléphone, l'inspecteur du FBI Joseph Bignell s'applique à prendre plusieurs photos sous tous les angles possibles. Dans la promiscuité de la salle d'interrogatoire, le temps se suspend. Face à face, le policier et l'assassin se tiennent fièrement en garde comme les champions des films muets d'antan. Ils se regardent droit dans les yeux avec, au coin des lèvres, le même sourire complice. Cette scène est un tableau. Elle résume le combat fou qui a duré des années d'un bout à l'autre de l'Amérique et qui s'achève enfin ce jour d'automne en prison.

La séance photo terminée, les deux hommes rient de bon cœur et se saluent chaleureusement. Dans un mouvement d'affection soudain, Samuel Little se blottit contre l'épaule de l'inspecteur de Pascagoula, ce qui n'a pas l'air de déranger ce dernier. Darren Versiga, en apprivoisant le tueur, a fini par le trouver charmant à certains égards. Il n'oublie pas toutes les horreurs qu'il a commises, mais il ressent paradoxalement une forme de sympathie pour le vieillard qu'il a sous les yeux. L'inspecteur rassemble à la va-vite ses dossiers en un gros paquet qu'il glisse sous son bras. Précédé par son collègue, il quitte la salle d'interrogatoire en marchant à reculons.

« Je reviendrai vous voir au besoin, d'accord ? » lance-t-il à Samuel Little dans l'entrebâillement de la porte.

Et le vieux tueur répond du tac au tac :

« Pas de souci, frangin. Soyez prudents sur la route du retour. »

Tandis que les policiers de Pascagoula s'en vont, le ranger fait son apparition. Il réinstalle Samuel Little sur son fauteuil roulant. Il le ramène dans sa cellule, à l'autre bout de la prison. Pour le remercier d'avoir, encore une fois, parlé de sa vie, il lui glisse sur les genoux un petit cadeau dans une serviette en papier. Le serial killer salive, il a droit à une part de gâteau recouverte de sucre glace.

Dehors, Darren Versiga et Joseph Bignell s'arrêtent dans le premier restaurant venu afin de réfléchir à tout ce qu'ils viennent d'entendre. Ils boivent de la bière dans des bocks, mangent un hamburger et se disent que, au moins, ils ne rentrent pas bredouilles à Pascagoula. Si le dossier de Jane Doe se révèle pour l'instant une impasse, l'affaire Melinda LaPree est bel et bien résolue. Grâce aux aveux formels de Samuel Little, ce n'est plus un cold case.

Pour marquer le coup, les deux policiers trinquent à la mémoire de la pauvre fille assassinée. Et sitôt leur repas terminé, à peine repus, ils prennent la route, direction le Mississippi. Darren Versiga n'a pas de temps à perdre, il doit être à l'heure pour assister à la plaidoirie de son fils. Comme ils sont venus, l'inspecteur et son collègue du FBI filent en voiture le long des vastes plaines sudistes. Ils roulent toute la nuit et retrouvent le décor poisseux et rouillé de Pascagoula au petit matin.

Lorsque c'est au tour du jeune Drew de dire son texte au concours d'éloquence, Darren Versiga est parmi les premiers à l'encourager. Près de lui, Jennifer est heureuse qu'il ait tenu sa promesse.

Dans les jours qui suivent, l'inspecteur reprend sa routine au Pascagoula Police Department. Avec sa rigueur habituelle, il traite les broutilles tragicomiques du bayou, du trafic de fuel frelaté au braquage de prêteur sur gages. Pourtant, Darren Versiga ne peut s'empêcher de continuer à penser aux confessions de Samuel Little. Ses mots le hantent. Quelque chose ne colle pas parmi tout ce que le serial killer lui a raconté sous l'halogène de la salle d'interrogatoire. Samuel Little a bien affirmé ne pas reconnaître le visage de Jane Doe, mais il a évoqué des détails qui n'appartiennent qu'à elle et aux circonstances de sa mort.

La perruque et les tresses, les fourrés, le poteau électrique et l'été 1977. Dans la pénombre de son bureau, dont il a fermé la porte, Darren Versiga répète à voix haute à la manière d'une formule magique cette suite de détails. Il passe scrupuleusement au tamis ses notes au sujet de Jane Doe, même les papiers les plus raturés et ceux qui ont fini en boule. Il en vient alors à cette conclusion implacable : non, il ne peut pas y avoir de hasard. Les faits avoués par Samuel Little font de lui l'assassin de Jane Doe, qu'importe si la reconstruction faciale du Civil Aeromedical Institute ne lui dit rien. L'inspecteur Versiga doit interroger à nouveau le serial killer.

13

Début décembre 2018, Darren Versiga se rend à nouveau dans le désert de Decatur. Il est toujours accompagné de l'inspecteur Joseph Bignell. Dans sa valise à roulettes, il y a bien plus de documents que lors de sa première visite. Pour ratisser de fond en comble la mémoire de Samuel Little, il a pris avec lui tout, absolument tout, ce qui sur son bureau pouvait parler de Jane Doe. Chaque rapport, chaque note griffonnée sur un coin de serviette en papier. Toutes les cartes routières et topographiques possibles, toutes les photos de personne ou de paysage collectées ici et là. Son enquête jusque dans les moindres recoins, le casse-tête monstrueux et étourdissant de ses obsessions. L'inspecteur a aussi apporté un cadeau à Samuel Little. Le portrait de Jean, confidente du prisonnier et témoin silencieuse de ses crimes. C'est Darren Versiga qui l'a dessiné au feutre. Il a fait comme il a pu en s'inspirant d'un cliché en noir et blanc. L'inspecteur espère que cette petite attention suffira à amadouer Samuel Little le temps de l'interrogatoire, car il a bien conscience que ce match retour, sous les néons de la prison du comté du Wise, est la dernière chance de résoudre son enquête. Il faut qu'il parvienne à arracher la vérité entre les grognements de Samuel Little, sans quoi l'affaire tombera dans une impasse. Et l'inspecteur craint de ne pas savoir s'y prendre de la bonne manière.

Pour tout dire, il a le trac. Depuis le jour où il a prêté serment, Darren Versiga n'a jusqu'ici jamais été pris d'un tel trouble en mission. Pas même lorsqu'il jouait sa vie au coin d'une ruelle de Pascagoula ou sur les rings de boxe de village, là où les arbitres sifflent seulement après avoir vu le sang gicler.

La seule fois de sa vie, et de toute sa carrière de policier, qu'il a ressenti une anxiété pareille, c'était le jour d'une finale au tournoi de tir d'État du Mississippi, où il affrontait le légendaire Philip Hemphill. À l'époque, ce policier de la Highway Patrol était la plus fine gâchette en uniforme. Grand comme un mât, il était surnommé « Big Boy ». Il collectionnait les titres nationaux et maniait un pistolet de fabrication finlandaise. Quand le coup d'envoi était donné, on avait l'impression de voir son esprit dessiner une ligne droite jusqu'à la cible. Ce jour-là, l'inspecteur Versiga était bien parti pour faire le meilleur tournoi de toute sa carrière. Il avait remporté les trois premières manches en faisant preuve d'une précision chirurgicale. C'est simple : il envoyait toutes les balles de son chargeur dans le mille. De son couloir de tir, le patrouilleur Hemphill apostropha Darren Versiga : « Mince, tu es en grande forme aujourd'hui, et moi j'en aligne pas une. Je suis mal barré ! »

Le compliment était sincère, mais sur l'inspecteur il eut l'effet d'un coup de matraque. Darren Versiga se rendit compte qu'il était en passe de battre le maître de la discipline, et cette perspective lui parut vertigineuse. Il se mit à suer à grosses gouttes, puis à cligner des yeux de manière incontrôlée. Son pistolet devint trop lourd, trop brûlant. Il s'ébroua pour se redonner de l'allant, mais cela ne servit à rien. Au cours des manches décisives qui suivirent, il fit feu à peu près partout sauf aux endroits qui comptaient. Big Boy Hemphill finit par le battre à plate couture.

Mais c'était il y a longtemps. Cette fois-ci l'anxiété ne prendra pas le dessus et, lorsque Darren Versiga sera face à Samuel Little et ses souvenirs, il tiendra bon. L'inspecteur a la vérité pour lui. Et puis le vieux Little n'est pas l'indétrônable Philip Hemphill. Ce n'est qu'un *bad guy* en prison. Et pour toujours, se rassure-t-il.

Le ranger James Holland entre sans frapper dans la salle d'interrogatoire et lance au détenu : « Tu as la visite du meilleur d'entre tous, Sammy ! »

Darren Versiga se présente dans l'entrebâillement de la porte, et Samuel Little sursaute sur sa chaise avant de se fendre d'un large sourire. Les deux hommes s'empressent d'échanger une franche poignée de main. Ils se prennent par les épaules et se serrent même l'un contre l'autre.

« Alors, comment ça va depuis la dernière fois ?

— Pas trop mal. Je suis content de vous revoir, boss. »

Il y a entre eux une forme de complicité presque amicale. Tandis que James Holland quitte la salle, Darren Versiga dégaine son dessin de l'amie Jean.

« Un cadeau d'artiste à artiste. Un petit geste, quoi », dit-il à Samuel Little.

Le tueur suit de ses doigts les contours de ce visage qu'il n'a jamais voulu oublier. Il est ému, comme lorsqu'on tombe sur une ancienne photo de vacances. Sous ces traits mal assurés se trouve le souvenir de sa liberté, quand il était un chat et que les horreurs qu'il commettait lui donnaient l'impression d'être vivant. Il laisse échapper un petit rire. Il ne sait pas trop comment réagir, alors il se contente de donner une tape maladroite sur la cuisse de Darren Versiga, qui veut certainement dire merci.

Rien n'a changé depuis la dernière fois. La petite pièce est baignée d'une lumière vive qui chauffe les fronts. L'air est rare et il faut ôter sa veste pour ne pas étouffer. Sur la table, il y a toujours de l'eau et des mouchoirs. Samuel Little avale une gorgée de soda à l'orange que le ranger Holland lui a servi un peu plus tôt dans un gobelet en polystyrène en échange de ses nouvelles confessions.

Darren Versiga entre tout de suite dans le vif du sujet et explique qu'il souhaite revenir sur l'histoire de Jane Doe.

« Je parle de celle que l'on n'arrive pas à trouver. Il faut que vous puissiez mettre en ordre vos souvenirs pour m'aider », précise-t-il en fronçant légèrement les sourcils.

Il reste silencieux. Il s'agrippe au regard du tueur, et il attend. De son côté de la table, Samuel Little se met à respirer bruyamment. Il se tortille, à moins qu'il ne s'agisse de tremblements. Une poignée de secondes passe, jusqu'à ce qu'il révèle ses pires souvenirs.

Il raconte qu'elle devait être âgée de 35 ans, et qu'elle avait la peau très noire. À la différence des autres filles qu'il abordait la nuit, elle ne se droguait pas, ajoute-t-il. Il se rappelle désormais que le bar de Gulfport où il l'a rencontrée se trouvait dans un virage à gauche, juste après la sortie de la highway 49 en direction d'Hattiesburg. Il dit qu'il ne peut pas se tromper pour la simple et bonne raison que, des années plus tard, il a bazardé le corps d'une autre femme sur le flanc opposé de la route. Il n'y a qu'à vérifier dans les dossiers de police, dit-il en haussant les épaules.

Darren Versiga répond à Samuel Little qu'il le croit volontiers. Le policier déploie sur la table une carte large comme une nappe. Avec une précision de microscope, elle fait voir le bouquet de routes et de sentiers traversant le bayou qui étouffe Pascagoula et ses environs depuis toujours. Comme la dernière fois, il sort un stylo de sa poche et retrace le parcours que Samuel Little et sa victime ont effectué cette nuit du mois d'août 1977. Il part de la taverne de Carver Village, longe la ville et les parkings qui ne sont plus que des terrains vagues traversés par des ponts et les méandres du bayou. Il dessine un interminable sillon qui s'entortille dans les méandres du sous-bois. Enfin, il s'arrête au niveau du fossé. Samuel Little l'interrompt :

« La fille, je l'ai tuée exactement où vous avez votre doigt. Je sais que c'était là. C'est bien la vôtre. »

Darren Versiga demande à entendre le récit complet de la soirée. La réponse de Samuel Little fourmille de détails visqueux dont il n'a bizarrement jamais fait mention au cours des deux heures du premier interrogatoire. La carte et le tracé lui ont ravivé la mémoire.

« À un moment, on s'est arrêtés. Elle était sur le siège passager. Je me suis mis sur elle et je l'ai étranglée pendant que je me masturbais. Oh, elle n'a pas trop résisté. Nous sommes tombés tous les deux sur la banquette arrière. Vous savez quoi, eh ben sa perruque est tombée.

— Ah bon ? T'as dû être surpris !

— Certainement pas, mon vieux ! Dans ma vie, j'en ai vu des tas, des perruques. Certaines filles que j'ai croisées avaient le crâne rasé, mais elle, ce n'était pas le cas. Sous sa moumoute, elle avait de petites tresses. Elle était pas mal comme ça, non plus.

— Dingue, la fille que nous cherchons avait aussi des tresses ! Mais alors, Sammy, dis-moi : il s'est passé quoi, ensuite ?

— On n'y voyait pas grand-chose ce soir-là. Je suis allé sur une petite route transverse, un genre de sentier. Il n'y avait rien autour, à part des arbres. Je l'ai jetée dans un fossé, la fille. C'est tout. »

Malgré son corps malade, Samuel Little mime les gestes fermes qu'il a faits pour se débarrasser de Jane Doe. Il croise les bras contre sa poitrine puis il les envoie valser devant lui. Avec son poing, il finit par frapper le rebord de la table. Pour bien faire comprendre que, au milieu du bayou et du silence, le cadavre de Jane Doe est lourdement tombé sur le sol, avant de rouler le long de la pente.

« Elle a disparu sous l'herbe, la fille. Je me souviens d'avoir pensé : "C'est assez profond, personne ne la retrouvera jamais." »

Après ça, le serial killer est allé boire de la ginger beer dans le premier bar venu sur la route de Carver Village, pour trinquer à la victoire de ses pulsions.

Malgré ce déballage insupportable, l'inspecteur Versiga ne montre aucune émotion. Il expose sur la table la série de photos de la recomposition faciale en plâtre de Jane Doe. Contrairement au premier interrogatoire, où l'inspecteur n'avait apporté avec lui que quelques clichés, on la voit ici sous tous les angles. Volontaire, ravi de jouer à un énième jeu de devinettes, Samuel Little se met donc à jongler avec les photos. Il les épluche, il les compare avec l'air concentré d'un thésard. Il essaye de se souvenir. Il veut se souvenir. Il murmure pour lui-même des mots qui meurent entre ses lèvres. Enfin, il s'arrête sur l'un des clichés. Il penche la tête de droite à gauche, il décortique le portrait et, brusquement, il détourne la tête. Son regard vagabonde dans la salle d'interrogatoire. Les murs sans fenêtre. Le néon qui grésille. Son costume de prisonnier sur le dos. Ses mains assassines. Entre les plis de sa trogne en forme de vieux savon, Samuel Little laisse poindre une esquisse de sourire avant de le ravaler aussi sec. Le signe fugace de la vérité. Il se souvient d'elle :

« Son visage… La mienne était mignonne comme ça… Une vraie jolie petite chose. Celle de Gulfport, c'est elle, ouais. C'est bien elle. »

Darren Versiga retient un cri de victoire. On n'est pas sur un ring. Sous la table, il se permet simplement de serrer les poings.

« Quand ils l'ont retrouvée, la fille, il y avait encore de la chair sur les os ? » lui demande benoîtement Samuel Little.

À peine surpris par cette curiosité perverse, l'inspecteur décrit les os sans chair. Un silence tombe. Et dure. Les deux hommes se regardent. Ils se jaugent, ou bien c'est simplement qu'il n'y a plus rien à dire. Au bout de ces quelques instants de flottement, Samuel Little décide finalement de congédier Darren Versiga ainsi que son collègue Joseph Bignell qui, pendant tout ce temps, a noirci des pages de son grand carnet. Le prisonnier voudrait qu'on le laisse tranquille, maintenant. Darren Versiga remercie le tueur de lui avoir dit ce qui était enfoui en lui depuis toutes ces années.

« Je veux juste faire les choses bien », dit en retour Samuel Little avec un regard amical.

L'inspecteur acquiesce, mais n'est pas dupe.

De retour à Pascagoula, la veille de Noël, Darren Versiga reçoit un courrier qui a voyagé à travers le pays par avion-cargo. Dans un coin du pli, il est écrit en lettres dactylographiées :

> Prison de l'État de Californie – Comté de Los Angeles
>
> Matricule 2258
>
> Section B, Bâtiment B2, Lit 21
>
> Département pénitentiaire de Californie

Il n'y a pas très longtemps, le ranger James Holland a estimé qu'il n'était plus nécessaire de garder Samuel Little au Texas. Le tueur avait tout raconté, expliqué, confessé et, désormais, tandis que les polices des quatre coins du pays se chargeaient de recouper les infos qu'il avait livrées, il n'avait plus à bénéficier d'un statut d'exception. Le serial killer devenait un détenu de droit commun dont le seul privilège serait, peut-être, d'avoir sa propre cellule pour raison de santé. Finis les desserts à la crème, les sandwichs et les sodas.

Sous bonne escorte, on le renvoya à la case départ : la fourmilière infernale de la prison de Lancaster, dans le comté de Los Angeles. Confit dans l'écho bruyant de la colère, du désespoir et des regrets qui circulaient dans sa coursive, Samuel Little demanda qu'on lui apporte du papier et un crayon afin qu'il puisse donner de ses nouvelles à l'inspecteur Versiga. Le tueur avait beaucoup pensé à lui ces derniers temps. Leurs conversations dans la salle d'interrogatoire lui manquaient. Il avait aussi pensé à Jane Doe. Il s'était demandé ce qu'elle représentait pour lui.

Dans le secret de son bureau, au commissariat de Pascagoula, l'inspecteur ouvre le courrier. L'écriture est minuscule, penchée. Les mots forment de longs cotillons presque indéchiffrables.

> Salut officier Darren,
>
> Je vous écris pour vous dire que je suis de retour en Californie et que j'y serai jusqu'à ce que je meure.
>
> *Hey Boss,* dites-moi si je peux vous aider encore dans cette histoire de Jane Doe, comme pour n'importe quel autre dossier dans lequel vous pensez que je suis impliqué, d'ailleurs.
>
> Il fallait aussi que je vous écrive pour vous dire que je suis meilleur que vous sur le ring. Vous ne pouvez pas prouver le contraire parce que l'on sait tous les deux que l'on ne pourra jamais se battre. Franchement, j'aime bien votre côté boxeur. Je voulais que vous le sachiez.
>
> Je suis content d'être votre ami. Faites attention à vous, et buvez de l'eau, ah ah!
>
> Écrivons-nous vite, champion.
>
> Joyeux Noël!
>
> Sam

Darren Versiga lui envoie, pour réponse, un colis rempli de cartes, de rapports et de photos concernant Jane Doe. Il ne lâche rien. Le moindre détail qui pourrait revenir à l'esprit de Samuel Little est bon à prendre.

Au mois de janvier 2019, Darren Versiga reçoit une seconde enveloppe. Elle contient un portrait-robot de Jane Doe dans un drôle d'état. Le portrait est agrémenté de profondes marques crayonnées, comme autant de blessures. À la manière d'un savant fou maniant le scalpel, Samuel

Little a arrangé le visage de Jane Doe de telle sorte qu'elle corresponde parfaitement à la fille qu'il a fait monter dans sa voiture. Le croquis est accompagné d'une note brève. Entièrement écrite en majuscules.

> JE NE SAIS PAS QUAND C'ÉTAIT, MAIS CE QUI EST CERTAIN, C'EST QUE JE L'AI TUÉE, VOTRE FILLE. ELLE EST À MOI. ENVOYEZ-MOI DES TIMBRES ET DES ENVELOPPES QUE JE CONTINUE À VOUS ÉCRIRE.
> BONNE ANNÉE À VOUS, VIEUX BOUGRE. ET TENEZ BON!
>
> SAM

L'inspecteur et le tueur échangent par la suite d'autres courriers. Toujours la même histoire: août 1977. Darren Versiga veut en savoir plus, et Samuel Little fouille dans ses souvenirs parce qu'il cherche un ami autant qu'il aime jouer à la police.

Et parfois ils parlent des chantiers Ingalls, des bars emplis de pénombre et de vapeur d'alcool, des routes sinueuses englouties par le bayou. Ils se disent que le Mississippi est un beau pays, où la fin n'est jamais celle que l'on croit. Ils mettent des points d'exclamation. Ils rigolent. Les deux hommes semblent unis par un lien comme il n'en existe aucun autre.

Leurs échanges sont interrompus par un communiqué du FBI. C'est enfin officiel, gravé dans le marbre: Samuel Little est reconnu coupable du meurtre de cette femme retrouvée dans le sous-bois de Moss Point. Pour Darren Versiga, c'est un immense soulagement, la consécration de son endurance. Mais le policier n'en fait pas une fête. Son enquête n'est pas encore une affaire classée. Il lui manque toujours une pièce essentielle. Samuel Little n'a jamais mentionné le nom de celle qu'il a tuée en 1977. C'est bien simple: il ne s'en souvient pas. Alors, Jane Doe reste Jane Doe.

Du moins pour l'instant. Les souvenirs de Samuel Little ont, semble-t-il, permis à Darren Versiga d'hameçonner un morceau de lumière dans son enquête. Il tient une piste, et peut-être même plusieurs.

14

Dans l'une des quelques lettres adressées à l'inspecteur, Samuel Little a pris soin de glisser un petit plan. La highway 49 rectiligne traverse la ville de Gulfport à l'est. Sur le flanc de la route, un petit rectangle surmonté d'un triangle, c'est un motel. Comme il l'a confié à Darren Versiga, c'est là que le tueur s'est débarrassé d'un autre corps, sous un tas de pneus, quelques années après avoir assassiné Jane Doe. Juste en face, il a également marqué d'une croix un carrefour. D'un côté, il a indiqué la pension à deux sous où logeait Jane Doe, de l'autre, le bar où il l'a abordée. Un vrai jeu de piste pour l'inspecteur Versiga. S'il retrouve la pension alors peut-être retrouvera-t-il le nom de Jane Doe. Grâce aux bons offices d'un copain de comptoir qui est aussi un important policier de Gulfport, il trouve dans les archives de la police locale une note datée de décembre 1992 mentionnant la découverte d'une certaine Alice Taylor, morte étranglée, à l'ombre d'un motel coincé entre Mississippi Avenue et Alabama Avenue. Maintenant qu'il a localisé le motel, Darren Versiga sait où chercher la pension.

Sur son temps libre, l'inspecteur Versiga part à la recherche du fameux carrefour que Samuel Little a indiqué d'une croix. Sous un grand ciel ocre et rose comme le Mississippi sait les peindre en début de soirée, il rejoint la highway 49 au volant de sa vieille Ford de service. Le policer passe devant une enfilade de rades qui vendent des sandwichs mous et aperçoit un bâtiment blanc et bleu : le motel à l'angle de Mississippi Avenue et Alabama Avenue. Suivant le dessin de Samuel Little, il s'engage de l'autre côté de la route. Le quartier dans lequel il plonge est un quartier noir délabré où crépitent les dernières braises de l'Amérique ségrégationniste. L'herbe est moche, les façades ont le bois qui pleure et les gens qui traînent sous les lampadaires ont le visage boursouflé de ceux qui se remplissent de whisky dès l'aube. Ce sont les fils et les filles maudits du blues, des cantiques au banjo, et ils suivent la voiture de Darren Versiga, ce Blanc débarqué de nulle part, d'un regard écarquillé qui crie veut dire "Allez-vous en !" Le policier les voit, mais il s'en fiche. Il fait un tour dans ce damier de rues crevassées, puis deux, puis trois. Soudain, à l'angle d'Arkansas Avenue et de Polk Street, il pile. L'édifice qui se tient devant lui détonne dans le décor. C'est une petite église baptiste au charme discret et au fronton immaculé. Neuf, à coup sûr. Avant la maison du Seigneur, il devait y avoir autre chose, réfléchit Darren Versiga. Des murs, une casemate, que l'on a dû démolir, et que l'on a oubliée aussi sec. Une pancarte plantée dans la terre boueuse indique le numéro 5101 sur Arkansas Avenue. Sur le même carrefour, Darren Versiga repère également un terrain vague au milieu duquel se dressent trois petites marches en pierre brune. L'ultime trace d'un bâtiment indésirable, certainement. D'un geste fiévreux, il s'empare de sa carte. Il la tourne dans tous les sens. Puis s'exclame : « C'est cet endroit, c'est bien ici ! »

À la place de la chapelle et du lopin abandonné devaient se trouver le bar et la pension de Jane Doe. Ou bien la pension de Jane Doe et le bar. L'inspecteur Versiga en klaxonnerait presque.

Il file illico à la bibliothèque municipale de Pascagoula. Tandis que la guichetière du deuxième étage se tourne les pouces comme toujours, Darren Versiga se jette sur un volume épais comme un parpaing. L'annuaire régional de l'année 1977. Aux alentours de la millième page, l'œil de l'inspecteur s'illumine. Il y a une demi-colonne d'adresses, dont le 5101 Arkansas Avenue à Gulfport. Il y a quarante ans, il y avait là un certain Fireside Inn. Darren Versiga est prêt à parier que c'est là que Samuel Little et Jane Doe se sont rencontrés. En revanche, le policier ne trouve aucune trace d'une quelconque pension dans les pages de l'annuaire. Il n'y a rien non plus dans les éditions datées de 1976 et de 1978. Le policier en conclut que cet endroit n'était certainement pas une pension comme on l'entend : une auberge signalée par une enseigne lumineuse où l'on payait sa chambre pour quelques jours ou quelques semaines, avec de la soupe à volonté le soir.

À force de chercher, Darren Versiga parvient bientôt à reconstituer ce segment de l'Arkansas Avenue. Les quelques marches perdues que l'inspecteur a aperçues au milieu d'un terrain vague formaient le seuil d'une longue maison au toit plat divisé en sept appartements miteux. En 1977, son propriétaire, qui ne devait pas être un homme très scrupuleux, les louait au prix fort à de pauvres petites mains venues des quatre coins du Mississippi pour gagner leur croûte dans les usines environnantes. Jane Doe faisait certainement partie du lot. Une découverte menant à une autre, l'inspecteur Versiga met la main sur une poussiéreuse liste de locataires de 1977. Le nom d'une femme y figure, mais celle-ci était, semble-t-il, encore dans les parages l'année suivante. Elle est morte aujourd'hui, comme tous les autres locataires mentionnés. La carte, les lieux, le bottin, tout ça ne lui sert finalement à rien puisqu'il n'y a plus que du silence.

L'inspecteur ne se décourage pas. Il explore déjà une autre piste. Les grues et les haubans Ingalls. Le chantier naval, son monde, sa sueur. Dans la salle d'interrogatoire, Samuel Little a raconté à Darren Versiga que Jane Doe faisait tous les jours la navette entre sa bicoque de Gulfport et le site d'Ingalls, à Pascagoula. Un bleu de travail règlementaire sur les épaules frappé du logo étoilé du constructeur militaro-industriel, un casque peut-être, et les mains mal protégées par des gants en toile élimée, la jeune femme manipulait des tuyaux parmi des centaines d'autres ouvriers et ouvrières.

Darren Versiga veut savoir si, en 1977, les contremaîtres du chantier se souviennent d'une ouvrière qui aurait disparu au cours de l'été. Il envoie à la direction d'Ingalls une requête manuscrite afin d'avoir accès aux registres. La réponse ne tarde pas à arriver. Elle est négative. Les archives du chantier sont des documents privés que l'on ne peut pas livrer à la curiosité du premier venu, même s'il est policier et même s'il est animé des intentions les plus nobles. La seule manière de les consulter serait de présenter un mandat officiel émis par le bureau du procureur du comté de Jackson. Darren Versiga court aussitôt réclamer son sésame. Mais là encore, il se voit opposer une stricte fin de non-recevoir. Dans son coin, il peste contre le procureur. Il l'accuse d'indifférence et de lâcheté. Il est persuadé que l'élu n'est d'aucun soutien parce que cette enquête concerne une ouvrière noire. Darren Versiga hésite à livrer ses difficultés aux reporters toujours avides de bonnes histoires et qui passent leur fin de journée dans les mêmes bars que lui. Quelques colonnes publiées à la une du *Mississippi Press* interpelleraient l'opinion publique, on crierait à la honte et au scandale. C'est ce qu'il pense, mais il n'en fait rien.

Darren Versiga a l'insigne en berne. Il est dans l'impasse. Plus une seule piste, pas la queue d'un indice. Ce qui lui reste à faire, désormais, c'est de s'occuper de la pile de dossiers ordinaires qui s'est amassée sur son bureau.

Tandis que l'inspecteur essaie de rattraper son retard, de l'autre côté du pays, derrière les barreaux de la prison de Lancaster, Samuel Little essaie d'aider son nouvel ami. Après avoir retouché le portrait-robot du Civil Aeromedical

Institute au stylo, il pense être capable de faire mieux. C'est son talent, le seul génie candide et innocent qu'il porte en lui. Dans sa jeunesse, alors qu'il purgeait une courte peine de prison pour vol, il a appris à peindre et à dessiner. Son trait est pas mal assuré mais le résultat est toujours expressif.

Pour le FBI, c'est une aubaine. On fournit au tueur le parfait attirail d'un artiste du dimanche : une collection de fusains et de pastels, peinture en tube et papier épais. Dans sa cellule, Samuel Little se met consciencieusement à la tâche. Il travaille en appui sur ses genoux ou sur la table qui lui sert normalement à avaler ses repas. Il trace, il griffonne, il arrondit, il épaissit. Pour s'inspirer, il écoute de vieux morceaux de soul dans un casque audio dernier cri que lui a offert le ranger James Holland.

En un rien de temps, le visage apparaît sur la feuille. Sous les traits de son assassin, Jane Doe ressemble étrangement à ces femmes coquillages que Picasso aimait peindre au début de sa carrière. Elle a des cheveux qui lui dégringolent en guirlande près des joues. Sa bouche, rouge, est comme une morsure. Et sous des sourcils en arcs de cercle épais, ses yeux s'étirent en deux grands calissons. La Jane Doe dont se souvient Samuel Little a le regard vide. Elle devait être perdue.

Sitôt le dessin terminé, Samuel Little prend une nouvelle feuille de papier. Il a d'autres mortes à croquer. Sur sa lancée, le serial killer produit à la suite une quinzaine de portraits représentant toutes celles qu'il a tuées, mais dont il n'arrive pas à se rappeler le nom. Dans le lot des 93 victimes qu'il revendique, il y a d'autres Jane Doe que celle de Moss Point. À la fin du mois de février 2019, l'état-major du FBI décide de rendre publics les peintures et dessins de Samuel Little. Sur une page spéciale de son site, le Bureau rassemble en une sorte d'étonnant trombinoscope tous ces visages bariolés. Chacun d'entre eux est accompagné d'une notice explicative. Pour Jane Doe, il est dit dans un style passablement télégraphique :

> Femme noire, entre 35 et 45 ans, tuée en 1977. A rencontré le tueur à Gulfport, dans le Mississippi. Victime probablement originaire de Pascagoula. A possiblement travaillé sur les chantiers Ingalls.

Les Fédéraux espèrent que d'honnêtes citoyens sursauteront sur leur canapé en reconnaissant les personnes dessinées par Samuel Little.

« Nous comptons sur un parent, un ami ou un ancien voisin. Si vous avez des informations, prière de contacter en urgence le FBI. Même si Samuel Little est en prison, le FBI considère qu'il est important de rendre justice à chacune de ses victimes. Pour refermer chaque dossier », dit un communiqué.

Évidemment, les journaux et les chaînes de télévision en font leurs choux gras. Un monstre qui cherche sa repentance dans l'art, c'est à la une. Désormais, il faut espérer que ça morde. Cette initiative sans précédent paraît dérisoire. Mais, à ce stade, elle est bien la dernière chance qui reste aux enquêteurs de rendre son nom à Jane Doe. La vérité ne dépend plus que des dessins du tueur.

15

Au poste de police, l'enquête sur Jane Doe est délaissée. Le dossier est coincé entre un sachet de sucrettes et une brochure sur la retraite de la fonction publique dans l'État du Mississippi. Darren Versiga ne veut plus y penser. Surtout qu'il vient d'être promu. Après avoir passé haut la main le concours, il est devenu lieutenant, ce qui fait de lui l'un des plus hauts gradés du poste. Désormais, il orchestre le déploiement des effectifs, il veille à la bonne tenue des interpellations routinières et centralise les plaintes. C'est un métier de bureau, loin du terrain. Une mécanique de stratège, comme un général scrutant la bataille livrée par ses troupes, sauf que ce n'est pas une longue-vue qu'il faut savoir manier, mais un talkie-walkie. Cela lui convient à merveille. Avec le temps, il aspire à une vie moins harassante que celle qu'il a traversée jusqu'à présent, les courses-poursuites sur les parkings, le pistolet qu'il faut dégainer contre les têtes brûlées et l'odeur âcre des corps qu'on ramasse après les douze coups de minuit.

Avec le grade de lieutenant, Darren Versiga est maintenant vêtu d'un uniforme noir, comme tous les patrouilleurs qui évoluent sous ses ordres. Son grade est signalé par un liseré jaune qui court le long de son pantalon. Mais sa tenue est légèrement négligée. Le col de sa chemise à manches courtes est toujours de travers et laisse apparaître son maillot de corps. Son ceinturon, qui est trop lourd et mal sanglé, pendouille presque sous la ligne des fesses. Aux pieds, il est chaussé de Pataugas premier prix. Comme l'exige le règlement intérieur du poste de police, le lieutenant Versiga devrait aussi porter un gilet pare-balles au cas où il serait appelé à la rescousse dehors. Il ne s'en encombre pas. Cela n'a rien à voir avec une quelconque témérité de sa part. Simplement, sa poitrine est bien trop épaisse pour qu'il puisse enfiler le vêtement de protection. Darren Versiga en rigole : « On peut mourir d'être gros ! »

Lors de ses tours de quart, le lieutenant siège dans la pièce dite de *duty superviser*, au rez-de-chaussée, juste à côté de l'accueil. On y trouve une table en bois verni sur laquelle ronronne un vieil ordinateur à en faire regretter le temps des machines à écrire. Une étagère dont le sommet frôle le plafond expose une rangée d'exemplaires du Code pénal du Mississippi datés de 1972 reconnaissables à leur tranche rouge et verte. Les murs sont couverts de cartes de la ville et du bayou marqués d'autant de points de couleur qui vous rappellent combien le crime est chose courante. Une feuille punaisée sur la porte prévient en grands caractères que c'est un délit d'établir un faux rapport de police. Et dans le renfoncement d'une lourde commode métallique, on a entreposé une étonnante trousse à pharmacie avec toutes ces petites boîtes en cartons qui sont des solutions chimiques servant à identifier avec précision la nature de la drogue que l'on aurait trouvée sur un suspect, de la poudre d'héroïne aux pilules de fentanyl.

À 6 heures du matin pétantes, Darren Versiga dirige une brève réunion dans la grande salle de conférence ornée des portraits des policiers qui ont fait la gloire du poste de police. Derrière son pupitre, le lieutenant assigne une part de la ville à quadriller pour la journée à chacun des cinq policiers qui sont sous sa tutelle. Il y a Jason Murphy, le sergent : un petit homme au crâne dégarni qui passe son temps à se goinfrer de bonbons au chocolat et ne se gêne pas pour dire qu'il rêve de prendre la place du lieutenant. Le patrouilleur Preston Yarbrough, un gamin dégingandé à la voix qui croasse, qui a sans nul doute pris confiance en lui depuis qu'il est assermenté pour porter une arme. Son collègue Juan Perez – des lunettes fines et une allure empâtée de bellâtre déchu des années lycée – qui aime railler la bêtise des gens qui atterrissent en garde à vue. La seule fille de la bande, Brittanie Langley : ongles roses, moue de pimbêche, et des manières de ninja sans peur quand elle doit passer les menottes aux gros durs de Carver Village. Et pour finir, Scott Ladnier, le doyen : une armoire tatouée à la gorge et coiffée à l'iroquoise qui aurait pu être go-go danseur dans une autre vie, taiseux et solitaire, il en a certainement bavé dans la vie avant de trouver la paix sous l'uniforme.

Le lieutenant Versiga sait faire preuve de souplesse avec sa petite escouade. Afin d'éviter que ses patrouilleurs ne s'ennuient, il les laisse parfois circuler comme bon leur semble en ville, sans circuit particulier. Les autres lieutenants du service jugent sévèrement cette méthode. « Comme d'habitude, Versiga n'en fait qu'à sa tête. Ce n'est pas possible », pestent-ils entre eux dans les couloirs du commissariat. Le promu est accusé de laxisme et, pire, d'être un danger. Darren Versiga se fiche de ces critiques. Il brandit fièrement ses statistiques : depuis qu'il a pris du galon, il est le lieutenant qui compte à son actif le plus d'affaires résolues.

Sitôt la réunion de 6 heures terminée, les policiers sous ses ordres s'en vont sillonner Pascagoula. Le lieutenant, lui, n'a plus qu'à attendre que son talkie-walkie crépite. À moins d'une urgence, il profite généralement de ce moment de latence pour se rendre en voiture de service au Hilton Inn, le grand hôtel de la ville où, à l'écouter, on sert un petit déjeuner fameux. Sur son chemin, alors que le soleil se lève peu à peu, il emprunte Telephone Road et passe religieusement devant une vieille cabane de tôle aux fenêtres condamnées. Ici, c'était Chez Andy's, l'ancien restaurant que son grand-père avait ouvert à sa retraite. Quand il était au lycée, Darren Versiga y faisait la plonge tous les mercredis pour gagner de quoi inviter une fille à boire un milk-shake. Rouler par ici, c'est une manière de saluer sa jeunesse. Au comptoir du Hilton Inn, le lieutenant rejoint de vieux amis à la retraite. Don, l'ancien professeur. Danny, longtemps plombier. Et John qui était policier. Devant un gobelet de café noir mélangé à de la crème en capsule et une pyramide de pancakes au bacon, Darren Versiga refait le monde. Ce sont des palabres décousues sur les tambouilles politiques de Washington, sur le bonheur de la pêche au sébaste dans la lagune ou bien sur la prochaine édition du Festival des armes du comté organisé par l'armurier David Chancellor. Pour lui, c'est le meilleur moyen pour commencer la journée du bon pied.

Dans la matinée, les histoires s'enchaînent les unes après les autres. De petits délits, pour la plupart. Des moments de théâtre aussi, parce que les hommes et les femmes que l'on jette en cellule ont toujours des airs ahuris comme s'ils atterrissaient sur la Lune.

À l'heure du déjeuner, le lieutenant Versiga ne va plus manger en ville. Il prend son repas à son bureau, au milieu des papiers et des tampons, à deux pas des voleurs et des allumés qui défilent en beuglant. Quand il n'apporte pas la lunch box que lui a préparée sa femme, il se fait livrer du poulet frit par le premier boui-boui de l'annuaire, qu'il accompagne d'une louche de gratin de pâtes ou d'une bouillie de légumes. Il ne mange pas, il dévore. Il avale bruyamment en se mettant du gras partout sur les doigts. Une fois son repas terminé, il s'essuie machinalement les mains avec une serviette en papier. Certains jours, parce que c'est la pause-déjeuner, quand même, le commissaire en chef passe dans son bureau pour faire la conversation. Il ne s'agit plus du sévère Kenny Johnson, représentant de la vieille garde blanche qui a longtemps régné sur les postes d'autorité de la région. Maintenant, c'est Matt Chapman, un homme noir bâti comme un colosse de bande dessinée. Le chef Chapman a passé plusieurs années dans l'armée. Il a parcouru le monde. À la fin de son contrat, il aurait pu rentrer chez lui, en Caroline du Sud, mais il a finalement atterri ici, dans le comté de Jackson d'où était originaire son épouse. Depuis, il a divorcé.

Ensemble, ils parlent boulot, échangent des plaisanteries ou ravivent de vieux souvenirs. Darren Versiga trouve que Chapman est un homme bien. Un soir récent, les deux hommes, et d'autres officiers du commissariat, s'étaient retrouvés au comptoir de l'Irish Pub de Pascagoula. Très enthousiaste, le *chief* avait payé plusieurs tournées générale de tequila. Fatigué par l'alcool, Darren Versiga n'avait pas tenu debout longtemps. On l'avait ramené chez lui en le traînant. Le lendemain, le lieutenant s'était réveillé la tête dans les oreillers du canapé. Il portait son uniforme mais, étrangement, il n'avait plus de sous-vêtements. Il était incapable de se rappeler de ce qu'il avait fichu pendant la nuit. Aujourd'hui encore, le lieutenant l'ignore. La fois où ils parlent ensemble de ce mystère dans le bureau du rez-de-chaussée, Darren Versiga et Matt Chapman éclatent de rire en cœur. Il se dit que c'est une très bonne chose qu'un Noir tienne les rênes du poste de police. C'est un symbole fort pour lui. Le signe que son Mississippi n'est pas une terre définitivement encrassée dans le racisme. Simplement, il se désole que son supérieur n'ait jamais rien entrepris, à part lui taper sur l'épaule, pour l'aider à faire avancer son enquête sur Jane Doe.

L'après-midi, Darren Versiga reprend de plus belle sa mission de lieutenant. Aux gardes à vue s'ajoutent les nombreux appels catastrophés que lui transmet le standard. Dans le combiné, une femme dit que son propre père lui a volé sa voiture. Une autre appelle pour raconter au lieutenant qu'une nuée de criquets est entrée chez elle par la fenêtre, et qu'elle s'apprête à être dévorée toute crue.

Au téléphone, les gens parlent beaucoup, et leurs histoires ne sont jamais urgentes, pourtant le lieutenant Versiga fait en sorte de répondre avec professionnalisme. Chaque fois, il analyse la situation. Il rappelle la loi, donne des chiffres et il expose la marche à suivre. Enfin, il rappelle à ses interlocuteurs que cela fait trente longues années qu'il exerce ce métier. C'est pour cette raison, insiste-t-il, qu'on ne le prendra jamais en défaut.

La garde de Darren Versiga se termine à 18 heures. Le lieutenant ne part jamais sans avoir pris le temps de passer en revue les procès-verbaux que sa patrouille a renseignés dans la base de données. Le visage collé à l'écran de son ordinateur, il navigue dans les profondeurs du logiciel afin de traquer la moindre erreur qui pourrait mettre en péril les procédures. Avec une patience de moine, il range également les plaintes et la liste des mandats à venir, de telle sorte qu'ils soient parfaitement alignés avec le rebord du bureau, prêts à l'emploi pour le tour d'après. Chaque soir de la semaine, c'est le lieutenant Patrick Brandle qui prend sa suite dans la salle de *duty superviser.* Un ancien officier du corps des Marines. Son uniforme sort toujours de chez le blanchisseur, il est chaussé de bottes de parade au cuir étincelant, et dans son sillage flotte une forte odeur d'eau de Cologne. Lorsqu'ils se disent à demain, Darren Versiga ne peut jamais s'empêcher de se fendre d'un léger rictus qui semble gentiment plaindre son impeccable collègue pour le lot d'absurdités et de folies qu'il endurera pendant la nuit.

Après le travail, le lieutenant ne passe plus se détendre au stand de tir. Chez lui, ses armes sont désormais entreposées au fond d'une pièce qui sert de débarras. Si quelqu'un les utilisait, elles s'enrayeraient certainement. Darren Versiga s'est trouvé un autre loisir pour lequel il nourrit une grisante passion. Il travaille le bois. Il s'est même aménagé un atelier.

À la droite de la maison familiale d'Orchard Road, près du tas de briques dont il n'a toujours rien fait, se dresse une vieille grange au toit pointu, construite par son grand-père. Par miracle, ses planches ont résisté au passage de Katrina. À l'intérieur, sous une guirlande d'ampoules, le lieutenant a installé un large établi avec un arsenal de machines doté de clés à molette et de mille petits écrous. Des morceaux de frêne et de cyprès, de toutes les formes et de toutes les tailles, tiennent en équilibre contre le mur. Le lieutenant les a récupérés sur le bord de la route, en se promenant en voiture dans le bayou. Quand il trouve un bon morceau de bois, il s'arrête en pilant et se dépêche de le charger dans son coffre comme s'il avait trouvé un trésor dont il serait le seul à connaître la valeur. Un impressionnant quartier de tronc d'arbre vermoulu trône également à l'entrée de la grange. Lors d'une balade le long de la grande plage de Pascagoula, le lieutenant l'a remarqué gisant sur le sable, tel un vieux menhir abandonné. Tout excité par sa trouvaille, Darren Versiga l'a fait ramener chez lui en camion.

L'atelier du lieutenant est son refuge. Après avoir troqué son uniforme contre un simple jean, il y travaille pendant des heures, parfois au grand dam de sa femme qui voudrait aller boire avec lui des margaritas. À l'écart du monde, noyé dans la sciure et le raffut des machines, Darren Versiga travaille le bois, il le tranche et il le ponce. Il se perd dans ses nervures et ses fibres.

À travers la loupe de son imagination, les sillons qui se révèlent sous l'écorce deviennent une extraordinaire bobine de fil de soie. Le lieutenant est fasciné par le grain lisse. Il caresse doucement la matière comme on le fait avec la robe d'un pur-sang et il la cisèle comme de la porcelaine. Sans autre plan que celui de son instinct, il fabrique des planches à découper ou, quand il a plus de temps et d'ambition, de grandes tables de salle à manger. Il passe systématiquement plusieurs couches d'un vernis que l'on utilise habituellement pour les coques des bateaux de plaisance. Les planches et les tables brillent tellement qu'elles ont l'air d'être en bois artificiel.

Il arrive également que le lieutenant Versiga fabrique des objets de décoration que l'on peut suspendre ou bien exposer sur une desserte. Du moins c'est ainsi qu'il en parle. Dans les rainures naturelles de vieilles lattes, il verse un peu de vernis qu'il mélange à de la poudre de couleur, souvent bleu, parfois verte. Après un temps de séchage, de peignage et de brossage, le bois se retrouve traversé de longues traînées phosphorescentes. Darren Versiga appelle ça des « rivières ». Il dit que c'est le flot de son esprit qui coule dans ces morceaux de bayou. Sa poésie le fait rire. Il est fier du travail qu'il accomplit dans la pénombre de la grange. Il poste ensuite sur Facebook une photo des objets qu'il confectionne. S'il est encore loin de dire qu'il est un artiste, il veut montrer aux gens qu'il n'est pas qu'un flic. Grâce au bouche-à-oreille, il a même commencé à se faire de l'argent. Pour 35 dollars pièce, il a vendu plusieurs planches à découper à de vieilles voisines qui passent la journée dans leur cuisine. Il a surtout empoché la bagatelle de 3 500 dollars contre une table sur mesure pour Brian McCain, un ancien voleur qu'il se targue d'avoir remis dans le droit chemin.

Avec cet argent, Darren Versiga voudrait s'offrir de nouveaux instruments de travail, et du bois de cœur que l'on vent à la découpe. Il a lu que c'était la meilleure partie de l'arbre, la plus solide, la plus dense et la plus éclatante. De quoi faire des merveilles, se dit-il.

Il est tard lorsqu'il rentre chez lui. Les membres de sa famille se sont éparpillés dans les chambres depuis longtemps. Dérangeant un instant sa femme qui, sous les draps du lit conjugal, feuillette une revue pour s'endormir, le lieutenant passe enfiler son pyjama à carreaux. Il embrasse tendrement Jennifer sur la joue. Après quoi, il rejoint la cuisine sur la pointe des pieds. Il a toujours une fringale. Il se sert dans un bol plusieurs boules de glace à la vanille qu'il mélange à de grosses poignées de noisettes concassées, le tout arrosé de coulis de chocolat. Sa cuillère déjà à la bouche, il se laisse tomber sur l'imposant canapé en cuir du salon. Plongé dans le noir, il regarde la télévision. Il zappe. Il mange. Il zappe. Au-dessus de sa tête, les pales du ventilateur tournent dans un bruit de soupir. Dehors, une lumière passe. Comme tous les soirs à cette heure-là, un petit voyou d'Orchard Road va et vient sur une bicyclette équipée d'un moteur et d'un phare à huile. Darren Versiga sait qu'il vend de la drogue aux vieux édentés qui errent plus bas sur la route, mais il n'a jamais la force ni l'envie d'aller l'attraper. Il se dit qu'il en a assez fait comme ça pour aujourd'hui. Tout doucement, à l'aide d'une télécommande, le lieutenant remonte le bas de son canapé pour étendre ses jambes.

16

Près de 130 000 membres connectés à toute heure du jour et de la nuit. Environ 300 000 sujets de discussion qui n'ont jamais vraiment de fin. Plus de 13 millions de commentaires rythmés d'une ponctuation aléatoire et émotive. Le site Websleuths.com est un foisonnant café du commerce, un monde vibrant sous la surface du monde matériel. Ce forum rassemble les amateurs de cold cases de toute l'Amérique. Les curieux, les passionnés et les fétichistes y discutent de ce qui les fascine dans la tristesse et l'horreur de ces vieilles affaires non classées. Inspecteurs autodidactes, ils se démènent pour découvrir la vérité, à l'instar des héros de leurs polars favoris. Ils labourent les angles morts des enquêtes, ils compulsent des documents, ils décortiquent des images. Ils s'échangent des informations et des théories qui sont tantôt fumeuses, tantôt dignes d'intérêt.

Jane Doe a une page à elle. Elle est animée par Samantha, la femme de Joseph Bignell, l'agent du FBI. Chaque jour, de nouveaux messages tentent de s'approcher du Graal : son nom. On y discute de l'excentricité des dents en or, on parle des vagabondages de Samuel Little, on échange sur les profondeurs du bayou.

Parmi les nombreux fidèles qui alimentent cette page avec enthousiasme figure une certaine « Folie à Deux ». Sous cet amusant pseudonyme se cache une petite retraitée installée à La Nouvelle-Orléans. Elle s'appelle Tina Studdard, elle a du temps et de la suite dans les idées. À la fin de l'été 2019, elle s'offre pour 80 dollars un abonnement à une plateforme en ligne compilant les archives de grands journaux du pays. Elle espère y dénicher une coupure de presse qui aurait échappé à Darren Versiga. Cela ne coûte rien d'essayer, se dit-elle. Dans la barre de recherches, Tina Studdard entre deux mots-clés : Pascagoula ; Disparue. En une fraction de seconde, le réseau met au jour un article paru dans les colonnes du *Times-Picayune*, le plus important quotidien de La Nouvelle-Orléans. Il est daté du 28 novembre 1976. C'est le récit d'un mystère. Il nous livre le témoignage d'Ethel Henderson qui y raconte qu'elle recherche désespérément sa jeune sœur Emma. Emma, qui habite à Pascagoula, était venue rendre visite à sa sœur, à La Nouvelle-Orléans, quelques jours plus tôt. Elle lui avait apporté des petits gâteaux puis était repartie en fin d'après-midi. Elle n'est jamais arrivée chez elle. Dans l'article, Ethel Henderson décrit brièvement sa sœur : une jolie femme noire d'une vingtaine d'années, menue, 50 kilos tout au plus. Elle portait une perruque. Enfin, quand elle souriait, ce qui arrivait souvent, on pouvait voir qu'elle avait une dent en or.

Rivée à son écran d'ordinateur, Tina Studdard relit plusieurs fois l'article du *Times-Picayune* pour être bien certaine de ne pas halluciner. Mais c'est bien ça. L'année, à peu de choses près, le lieu, les caractéristiques physiques : tout semble correspondre avec ce que l'on sait de Jane Doe. La vieille dame se dépêche de parler de sa découverte à Samantha Bignell qui, elle-même, fait immédiatement suivre l'article de 1976 à Darren Versiga. Alors qu'il est en train de déjeuner au poste, le policier manque presque de s'étouffer avec son poulet frit. Et si Jane Doe s'appelait Emma Lee Henderson ? Le lieutenant a un soudain goût d'espoir dans la bouche. Son enquête est relancée.

Pour en savoir plus sur la disparue du journal, Darren Versiga doit d'abord retrouver la trace de sa grande sœur, Ethel Henderson. Rapidement, il trouve dans une base de données un fichier de sécurité sociale qui le mène à une adresse et un numéro de téléphone à Baton Rouge, la préfecture de la Louisiane. Au bout du fil, il tombe sur une dame à la voix renfrognée. C'est bien elle, Miss Henderson. Le lieutenant explique ce qui l'amène. Ethel Henderson lui répond que l'on n'a jamais retrouvé sa sœur. Elle ajoute qu'à l'époque il n'y pas eu de véritable enquête, seulement des promesses. Elle a perdu les maigres documents qui constituaient le dossier de sa sœur lorsque Katrina a dévoré sa maison de La Nouvelle-Orléans. Le lieutenant Versiga lui demande de lui parler de sa sœur. Elle souffle. Elle n'a plus grand-chose à en dire. C'était il y a si longtemps. Ce sont les mêmes images qu'à l'époque. Emma portait une perruque. Elle avait une dent en or. En faisant un effort de concentration, elle finit par se souvenir d'un détail, une impression. Sa petite sœur n'était pas comme les autres filles de son âge. Elle n'en faisait qu'à sa tête. Elle voulait s'amuser, et elle était prête à tout pour ça. Si un soir, à la sortie d'un bar, un inconnu qui avait les yeux du risque lui avait proposé de monter dans sa voiture en promettant que la nuit était à eux, elle aurait très bien pu dû dire oui, sans hésiter. Avant de raccrocher, parce qu'elle a à faire, elle lui donne le numéro de son autre sœur. Lavonna Henderson. Elle vit à Vidalia, un petit village perdu dans les roseaux du Mississippi.

Lavonna se révèle un précieux témoin. Les quelques éléments qu'elle partage avec le lieutenant permettent d'établir un parallèle plus consistant entre Emma Lee Henderson et Jane Doe. Le souvenir d'une démarche, d'abord. Lavonna Henderson raconte qu'un jour sa sœur avait sauté par la fenêtre de chez elle, pour échapper à la raclée d'un fiancé colérique. Dans sa chute, elle s'était cassé la cheville. Une blessure dont elle ne s'était jamais vraiment remise : Emma boitait.

Or, selon les analyses du Civil Aeromedical Institute, Jane Doe aussi. Lavonna Henderson ajouta qu'Emma avait un petit garçon. Le laboratoire d'analyses avait aussi émis l'hypothèse que Jane Doe ait donné naissance à un enfant. Il était été le fruit soudain d'un amour passager, un accident de l'ivresse et de la naïveté. Emma n'avait pas élevé son fils, mais elle avait toujours pensé à lui. Pour finir, Lavonna Henderson confie à Darren Versiga qu'elle s'inquiétait pour sa sœur. Elle se souvient qu'elle portait souvent des minijupes. Dans le quartier populaire où elle habitait, les commères des vérandas disaient qu'elle ressemblait à une prostituée. Lavonna Henderson était d'accord. Plusieurs fois, elle avait dit à Emma que, si elle continuait à s'exhiber de la sorte, elle se ferait violer, et peut-être pire encore.

Il y a des pièces manquantes dans les déclarations d'Ethel et de Lavonna Henderson. Les deux femmes ont été incapables de dire si leur sœur habitait dans une pension à Gulfport ou si elle travaillait sur les chantiers Ingalls. Malgré ces incertitudes, la disparue du *Times-Picayune* ressemble à l'inconnue du sous-bois de Moss Point. Et ce qui est arrivé à l'une est aussi arrivé à l'autre. Alors pourquoi pas.

Le lieutenant Versiga rappelle précipitamment Ethel et Lavonna Henderson. Il les convainc de se soumettre à un prélèvement d'ADN afin de les comparer à celui de Jane Doe. Un représentant de NamUs, se rend tour à tour à Baton Rouge et Vidalia. À l'aide d'écouvillons qu'il manie avec peu d'égards, il racle le palais des sœurs Henderson. Mis sous pli stérile, les bouts de coton sont envoyés en recommandé officiel pour une « requête comparative d'ADN de personne disparue » au fameux Center for Human Identification, dont les laboratoires sont installés sur le campus de l'Université du Texas du Nord. Là-bas, parmi des centaines et des centaines d'autres ossements en boîte, les restes de Jane Doe sont très soigneusement conservés sous le numéro 13-0533.

En attendant les résultats d'analyse, l'histoire d'Emma Lee Henderson circule sur Websleuths.com. La petite communauté des fous de Jane Doe s'ébroue furieusement. Les gens n'ont jamais été aussi bavards.

« On y est. J'espère que l'on aura une réponse rapidement. Le vent est en train de tourner ! » écrit quelqu'un.

Un autre dit : « La dent en or, c'est quand même une bonne piste. Peut-être que le tueur a décapité la fille pour ça. C'est plus que plausible, cette histoire ! »

Voyant le flot de ces messages enthousiastes, quelques habitués du forum appellent à un peu de retenue. Cette enquête n'a jamais été comme les autres, et il pourrait se passer encore bien des péripéties avant d'en avoir terminé avec elle.

« Honnêtement, on ne sait jamais. Cette nouvelle piste pourrait très bien se révéler être une impasse de plus », tempère quelqu'un.

Mais personne ne prête attention à ces messages de rabat-joie. Surtout pas Darren Versiga. Plus il y pense, plus il s'impatiente, et plus le lieutenant sent grandir dans ses tripes la certitude qu'Emma Lee Henderson est vraiment Jane Doe. Les coïncidences n'existent pas, se dit-il. Tous ces détails qui s'entrecroisent appartiennent à la même vérité. Emma Lee Henderson. C'est elle. Il l'a enfin trouvée.

Le 25 juin 2020, Darren Versiga est au volant de sa voiture de service lorsqu'il reçoit par mail, sur son téléphone, les conclusions du Center for Human Identification. Il s'arrête sur le bas-côté. Il clique nerveusement sur le document signé par le docteur Melody Josserand, administratrice en chef du Center for Human Identification. Son contenu est sommaire :

> À l'attention du lieutenant Darren Versiga, au Pascagoula Police Department.

Le travail de comparaison n'a pas produit d'association valide entre l'extrait d'ADN issu des restes non identifiés référencés sous le numéro 13-0533 ainsi que ceux de la famille Henderson, désormais référencés sous le numéro 19-1690. Les données génétiques ne permettent pas d'établir de liens de parenté.
Les extraits resteront dans notre base de données en vue de comparaisons futures et pourront être intégrés dans le Système national d'index ADN, si nécessaire.

Très cordialement.

Les traits du visage du lieutenant s'effondrent. Il n'y a pas d'erreur possible : Emma Lee Henderson n'est pas Jane Doe. Cette fille n'est qu'une morte. Elle n'est personne. Darren Versiga avait commencé à avoir de l'affection pour elle, mais maintenant il voudrait ne jamais avoir entendu son nom. Il se fiche d'Emma Lee Henderson. Il s'en veut d'avoir été si sûr de lui. Ses convictions sont comme des taches. Il est triste, aussi. De continuer à buter contre le vide. De laisser Jane Doe à son sous-bois. De ne pas être à la hauteur de son serment de policier.

À quoi le lieutenant Versiga peut-il bien se raccrocher alors ? Que lui reste-t-il pour espérer trouver ce nom qui n'en finit pas de blanchir ses nuits ? Bien qu'il ait été diffusé dans tout le pays, le portrait que Samuel Little a dessiné en prison n'a pas permis de faire remonter le moindre témoignage. Au bureau du FBI, il n'est même pas parvenu quelques tuyaux folkloriques, des histoires improbables de complots politiques ou d'apparitions surnaturelles, comme il y en a généralement toujours dans les affaires qui s'éternisent. Le téléphone ne sonne pas. À ce stade, il semble qu'il n'y ait donc toujours qu'une seule manière de savoir qui est Jane Doe. C'est terriblement simple : il faudrait que son assassin se souvienne enfin de son nom.

Chaque jour, Darren Versiga espère recevoir une lettre de la prison du comté de Los Angeles qui changerait tout en un instant. Samuel Little livrerait l'identité de Jane Doe en disant, un peu vantard : « Voilà, mon vieux, c'est elle. Je m'en souviens. » Il expliquerait que ce souvenir lui serait revenu en mémoire par hasard, pendant qu'il regardait la nuit à travers la fenêtre de sa cellule. Il dirait au lieutenant que cette attention est la preuve définitive de l'amitié qu'il lui porte. Mais cette lettre n'arrivera pas. À la fin de l'année 2020, l'épidémie mondiale de Covid-19 frappe de plein fouet les coursives de la prison du comté de Los Angeles. En quelques jours seulement, des centaines de détenus sont contaminés. Samuel Little est l'un d'eux. Déjà malade et affaibli, le prisonnier tousse et crache du sang. Le virus s'occupe du reste. Samuel Little meurt le 30 décembre 2020 dans un hôpital pénitentiaire californien. Il venait de fêter ses 80 ans. Sur les 93 meurtres qu'il s'attribuait, 61 ont été confirmés par la police pour le moment. Darren Versiga apprend la nouvelle le jour même par l'intermédiaire du ranger James Holland. Le lieutenant grince des dents. Il pense au tueur, à son dos voûté, et à son rire. Il le regretterait presque, parce qu'il n'y avait vraiment que lui pour l'aider. Son enquête lui file à nouveau entre les doigts. Le lieutenant repense à l'époque où, porté par la plus heureuse des fougues, il s'est attaqué à la pile des cold cases de Pascagoula. C'était en 2010. Il y a dix ans. Le temps a passé si vite. Darren Versiga ne s'en était pas rendu compte.

17

Lorsqu'il était enfant, Darren Versiga allait à la messe chaque dimanche matin avec ses parents et ses frères. Comme bon nombre de gens à Pascagoula, la famille fréquentait l'église épiscopale Saint-John, avec son fronton orné d'une impressionnante rosace aux vitraux turquoise. C'était le vieux Sud, et la foi que l'on pratiquait sur ces bancs n'était pas celle d'une simple habitude avant d'aller déjeuner en ville ou bien de se retrouver à la pêche. Il s'agissait d'un sacerdoce sévère, intense. Pour prier, la mère de Darren Versiga disait de baisser la tête et de fermer les yeux. Le petit garçon s'exécutait sans sourciller. Plus tard, à l'adolescence, il suivit des cours de catéchisme en camp d'été au bord de la mer. Darren Versiga aimait les métaphores que renfermait la Bible. Ce qu'il lisait dans ces pages lui donnait le sentiment d'appartenir à un monde plus vaste et plus charnel que celui du Mississippi. Un soir, il alla à la plage avec quelques-uns de ses camarades de colonie de vacances. Autour d'un feu dont les étincelles s'évanouissaient joliment dans la nuit, ils chantèrent des cantiques en se tenant par la main. Soudain, Darren Versiga fut envahi d'une vague de chaleur sans lien avec le feu de camp à ses pieds. Pour lui, il ne pouvait s'agir que d'une révélation. Dieu l'avait touché et il se sentait plein de sa lumière. Il en serait ainsi pour toujours, se dit-il. Il y croyait.

Et puis, bien des années plus tard, Darren Versiga était entré dans la police. La terrible réalité qu'il découvrit le fit brutalement douter de sa foi. Ses échanges avec Samuel Little finirent de réduire sa piété à néant. Depuis, il avait le sentiment d'avoir trahi sa famille et sa jeunesse. Mais il ne pouvait rien y faire. Il ne croyait plus.

Aujourd'hui, le lieutenant s'adresse de nouveau à Dieu. C'est un élan qui revient comme un réflexe, par atavisme sudiste. Dans le vacarme du commissariat, au volant de sa voiture, dans le calme de sa grange ou à l'étage des archives de la bibliothèque municipale, Darren Versiga prie pour que Dieu lui vienne en aide. Cela lui vient comme ça, sans qu'il s'y attende, et toujours dans un murmure ponctué d'une longue respiration. Quand il en a le temps, Darren Versiga se rend également à l'église. Mais il n'est plus un fidèle de la paroisse Saint-John. La rigidité du rite épiscopal ne convient pas à sa piété brinquebalante. Le lieutenant est plus à l'aise sur les bancs de la congrégation Church on the Rock, et leur vision plus souple du protestantisme américain. Il y est plus question de débats que de sermons, d'embrassades que de rictus contrits.

Située à quelques pâtés de maisons seulement d'Orchard Road, l'église est une majestueuse bâtisse au toit blanc gardée par une rangée de bosquets. Tous les matins, un homme au visage en forme de pioche coiffé d'un chapeau les taille au sécateur. Dans une autre vie, Bob Price volait de la ferraille et des pneus qu'il échangeait contre de la drogue. Darren Versiga l'a arrêté plusieurs fois et ne se gênait pas pour lui asséner de lourds coups de pied dans le derrière. Désormais, lorsque le lieutenant croise le jardinier à l'entrée de l'église, ils ne manquent pas de se saluer chaleureusement.

À l'intérieur, les grandes portes battantes donnant sur la salle de prière sont pavoisées d'un long mantra biblique:

« Que l'on touche ceux qui ne croient pas, ceux qui ne sont pas encore sauvés, et que l'on en fasse des fidèles pieux de Jésus. »

Quand il prend place face au grand autel de la congrégation, Darren Versiga baisse la tête et ferme les yeux comme si l'ombre de sa mère le surveillait. Il ne se culpabilise plus, il s'en remet à Sa volonté. C'est Dieu qui a mis sur son chemin l'affaire de Jane Doe et, les mains jointes, Darren Versiga prie pour que son identité lui soit restituée.

Peut-être est-il justement en train de prier le jour où le bureau de médecine légale du Mississippi reçoit par courrier la requête étonnante d'une équipe de scientifiques qui souhaite reprendre l'enquête de zéro. Elle provient du laboratoire Othram, situé à The Woodlands, une ville nouvelle du Texas, bâtie de toutes pièces par de richissimes hommes d'affaires rêvant de quiétude. Othram se targue de pouvoir résoudre les cold cases qui hantent les archives des postes de police d'Amérique. Financé par une importante levée de capitaux auprès d'investisseurs de la Silicon Valley, le labo traque les assassins et les victimes au moyen d'une technologie d'investigation inédite. Pour parvenir à leurs fins, les experts d'Othram manipulent de puissants outils numériques dont il n'existe que très peu d'exemplaires dans le monde. Les turbines des amplificateurs baptisés NovaSeq, MiSeq et iSeq permettent de reconstituer des profils génétiques complets à partir de traces infimes relevées sur des scènes de crime et que le temps ou la maladresse auraient endommagées. De cette manière, il devient plus aisé de faire émerger d'éventuelles correspondances grâce à un recoupement ADN. Et ce n'est pas le seul atout dont le laboratoire dispose. Alors que les forces de l'ordre n'ont accès qu'aux bases de données fédérales, qui regroupent les signatures génétiques des personnes condamnées, des suspects de crimes graves et de disparus, Othram a recours à des bases de données civiles autrement plus fournies. Sur Internet, plusieurs plateformes spécialisées comme GED Match et

Family Tree DNA se proposent de reconstituer des arbres généalogiques complets. Pour quelques dizaines de dollars, la personne qui désire se prêter à ce jeu n'a qu'à envoyer un simple écouvillon de salive. On s'occupera ensuite d'en extraire une série de traces ADN afin de les comparer aux informations des autres utilisateurs de ce dispositif. Ainsi, très régulièrement, des cousins au cinquième ou au dixième degré se retrouvent. D'amusantes histoires qui attisent la curiosité et l'envie de toujours plus de monde, comme un véritable phénomène de société. Aujourd'hui, GED Match et Family Tree DNA comptent des millions d'utilisateurs et, avec eux, des millions de profils ADN. Othram s'appuie donc sur cette manne d'informations extraordinaire afin de procéder à ses travaux d'analyses comparatives. Les techniciens du laboratoire texan chargent dans la base de données des sites de généalogie le matériel que leurs amplificateurs ont reconstruit. S'ils parviennent par ce biais à découvrir l'existence d'un ou de plusieurs lointains parents, alors une autre enquête commence. Cette fois, il n'est plus seulement question de la mécanique limpide de l'ADN, mais aussi de ce que le travail d'enquête a de plus artisanal. C'est un long fil que l'on déroule. Il faut interroger les personnes identifiées et éplucher les registres d'états civils, les certificats de mariage, les notices funéraires ou encore des coupures de presse. En croisant ces indices, il est possible de mettre au jour une constellation filiale permettant *in fine* de tomber sur le nom qui manquait, celui de l'assassin ou de la victime.

Othram ne fait cependant pas de cadeau. Parce que c'est l'Amérique, et que dans ce pays même la vérité est une affaire d'argent, la société basée à The Woodlands vend ses services aux unités de police qui ont désespérément besoin d'elle. Avec sa devise « la justice par la génétique », elle se présente comme la dernière chance, une faiseuse de miracles.

Dans le courrier envoyé au bureau de médecine légale du Mississippi, Othram propose d'entrer le profil de Jane Doe dans leurs différentes bases de données pour 700 dollars.. Les autorités acceptent et envoient les ossements par le premier avion. Même s'il n'a pas son mot à dire sur cette initiative qui relève de la seule responsabilité d'État, Darren Versiga en est informé par courtoisie. Après tout, c'est à lui que l'on doit ce rebondissement. Sans son opiniâtreté, il n'y aurait ni enquête ni dossier. De son côté, le lieutenant Versiga ne comprend pas grand-chose aux travaux d'Othram. L'orfèvrerie du séquençage d'ADN et les formules de déchiffrage de contenus généalogiques sont des concepts qui le dépassent, mais cela ne l'empêche pas de retrouver espoir. Il pense à ses prières. L'apparition soudaine de ce laboratoire ne peut être qu'un signe de la Providence. Il n'y a plus qu'à attendre que la science fasse son travail.

Au Texas, les équipes d'Othram exécutent patiemment leur mission. Les séquenceurs du laboratoire génèrent une suite génétique dont les milliers de marqueurs tranchent avec la faiblesse des résultats obtenus lors des précédents examens menés par la police. Cette nouvelle séquence ADN est entrée dans la base de GED Match.

Tandis que les algorithmes du site de généalogie moulinent, chez Othram on s'amuse à renommer Jane Doe comme on le fait avec chaque victime. Désormais, on l'appellera Charlène. Et si c'était son vrai prénom, d'ailleurs ? On ne le saura pas. Les analyses sont arrivées et elles sont formelles : l'immense galerie de GED Match sonne creux. Aucun des profils n'a de lien familial avec Jane Doe.

Othram impute cet échec au faible taux de données d'utilisateurs d'origine afro-américaine. Il tient autant à un déficit de communication qu'à une forme de méfiance très diffuse auprès de la communauté noire. Poursuivis par le terrible souvenir de l'esclavage et de la ségrégation, bon nombre de ses membres, notamment parmi les générations les plus âgées, sont persuadés que l'on pourrait les contrôler d'une manière ou d'une autre s'ils venaient à se défaire d'une petite part d'eux-mêmes sur Internet.

Néanmoins, Othram a une autre ressource. Le laboratoire propose aux autorités du Mississippi d'effectuer une deuxième batterie d'examens en explorant les profondeurs du site Family Tree DNA, le principal concurrent de GED Match. L'opération ne coûterait que 700 dollars supplémentaires. Malheureusement, cette fois, les autorités refusent de débloquer les fonds. À Jackson, les légistes en chef invoquent de nouvelles directives budgétaires. Il n'y a plus d'argent nulle part. Othram transmet alors sa demande d'allocation au comté de Jackson. Mais là encore, le laboratoire de The Woodlands n'obtient pas gain de cause. Toujours pas d'argent. Cette double fin de non-recevoir ne manque pas de mettre Darren Versiga dans tous ses états. Le lieutenant se demande ce que les grands commis du Mississippi fabriquent des centaines de milliers de dollars qui sont saisis chaque année aux escrocs et aux bandits de la drogue. Il se demande pourquoi ces machines si prodigieuses qu'utilise Othram ne sont pas celles de la police. Il se demande pourquoi la vérité et la justice semblent de plus en plus ne tenir qu'à un fil. Il retourne le problème dans tous les sens et, à chaque fois, il finit par se fracasser contre les pesanteurs de l'administration. Si Darren Versiga n'a jamais eu l'esprit très révolutionnaire, il y a des jours où il voudrait bien faire table rase des protocoles. Loin des bureaux de Jackson, le lieutenant n'imagine pas que le travail initié par Othram puisse s'en tenir là, pour une somme si dérisoire, qui ne vaut pas le prix de deux pistolets d'occasion chez l'armurier. Il faut trouver ces 700 dollars. Il réfléchit et envisage d'abord d'organiser une quête sur Websleuths.com. Puis, il se dit qu'il payera de sa poche. Pour ne pas avoir à piocher dans ses maigres économies, il lui suffira d'accepter quelques missions de surveillance privée pour le compte d'un mari jaloux ou bien de vendre plusieurs de ses pièces en bois à la prochaine kermesse de la ville. Il pourrait y arriver, se dit-il. Ce n'est qu'une affaire de temps et d'efforts, comme toujours.

Fort heureusement, le lieutenant n'aura pas besoin d'en passer par là. Après plusieurs semaines de longues discussions, le Mississippi Bureau of Investigation finit par décrocher une bourse fédérale spéciale au printemps 2021. L'argent est immédiatement transféré sur le compte d'Othram. On s'occupe alors d'intégrer la séquence ADN de Jane Doe au système de Family Tree DNA. Dans un courrier adressé les jours suivants au bureau de médecine légale de Jackson, les responsables du laboratoire se disent « très optimistes » quant aux résultats. Darren Versiga y croit dur comme fer, il en tremble d'excitation comme s'il s'attendait à être le témoin d'une intervention divine. Dans sa poche de pantalon, il palpe nerveusement son téléphone. On peut l'appeler à n'importe quel moment pour lui révéler le nom de Jane Doe et lui raconter son histoire avant le drame, avant le sous-bois, avant Samuel Little. Si ce n'est pas aujourd'hui, ce sera demain, ou le jour d'après. C'est pour bientôt.

« *It's a match!* », comme on dit en anglais. Une touche, enfin! Dans le courant de l'été, les radars du laboratoire Othram identifient une séquence ADN dont les similitudes avec celle de Jane Doe ne laissent place à aucun doute : elles appartiennent à la même lignée. Le parent commun est une lointaine cousine qui, d'après les informations qu'elle a laissées sur le site de Family Tree DNA, habite une petite ville du Texas. Le procureur et le shérif du comté de Jackson se saisissent de l'affaire sous prétexte qu'elle dépend de leur juridiction. C'est la première fois depuis le début de l'enquête qu'ils manifestent le moindre intérêt. Laissé sur le banc de touche, Darren Versiga soupire. Selon lui, il est tout à fait clair que ces gens qui lui ont toujours dit non tout au long de ses recherches ne se mettent soudainement en ordre de bataille que dans le seul but d'avoir leur part de gloriole au moment où la vérité se profile à l'horizon. Enfin, ce n'est rien. L'important, pense le lieutenant, c'est que tout ça se termine au plus vite.

Retrouvée et contactée par des enquêteurs du comté, la cousine dont l'ADN a parlé dit d'abord qu'elle est désolée. Qu'elle ne connait personne qui, parmi les siens, s'est soudainement volatilisé dans les années 1970. Elle ne sait pas qui est Jane Doe. En revanche, elle les invite fortement à joindre sa grand-mère paternelle qui habite dans le Mississippi. Cette dame de 93 ans est une sorte de griot. Elle se souvient de toutes les douleurs de la famille, les plus terribles et les plus cruelles, celles qui sont profondément enterrées sous la terre sèche et dont personne n'a jamais voulu reparler.

La doyenne ne faillit pas à sa réputation. Un peu de la vérité est là, dans les premiers chuintements de sa voix de griot. Elle parle d'une cousine qu'elle voyait rarement, mais qu'elle aimait beaucoup. C'était une jeune femme qui savait sourire, et qui avait aussi toujours d'amusantes idées. Comme tout le reste de la famille, elle vivait dans le comté de Leflore, à cet endroit du Mississippi où tout semble plus vert et plus sauvage qu'ailleurs. Pour gagner sa vie, elle se levait avant l'aube et rejoignait à pieds les ateliers d'une petite manufacture de coton. Un jour, probablement dans les années 1970, elle était partie sans dire adieu et on ne l'avait jamais revue. Elle avait disparue comme si elle n'avait jamais vécu, se rappelle la grand-mère. Le témoignage est sans équivoque. Il dessine de manière sensible la silhouette d'une femme qui pourrait très bien être Jane Doe.

Pour en savoir plus, il faut maintenant aller explorer le comté de Leflore qui, jusque-là, n'était pas apparu sur la carte. Sur la route d'Oxford et du Tennessee, c'est une terre de la taille d'un timbre. Dans un décors de vieilles maisons qui s'affaissent, de tombes abandonnées et de champs hirsutes où bruissent les mauvais esprits, vit une petite communauté agricole noire, qui ne se plaint plus depuis longtemps. La région est un trou de misère, une éclaboussure de ce que l'on appelle l'Amérique des oubliés. Pour les besoins de l'enquête, le *supervisor* du comté de Leflore est chargé de sonder de manière informelle ses quelques administrés afin de savoir si parmi eux on se souviendrait d'une histoire de disparition soudaine. L'élu sillonne les petites routes des environs en s'arrêtant régulièrement pour faire du porte à porte chez tous ces gens qu'il connait par leur prénom. À Schlater, un hameau de briques et de foin figé dans le silence, une vieille dame fait entrer l'élu chez elle en le prenant par le bras. Elle ne voit plus personne depuis la mort de son mari. Elle le fait asseoir à la table du salon qui est recouverte d'une jolie nappe en dentelle. Elle lui sert du thé très sucré dans une tasse en porcelaine, et une part de tarte au citron, avec une petite fourchette. Puis, elle s'assoit de l'autre côté de la table et pose ses mains à plat devant elle. Lorsque son invité lui explique les raisons de sa venue, elle vacille légèrement. Elle répond le souffle court, les yeux humides. Il doit s'agir de sa cousine. Elle se souvient qu'elle était coquette et élégante. Elle était coiffée d'une longue perruque soyeuse pour se donner des airs de femme du monde. Elle ne portait pas de bagues au doigt, mais elle avait une dent en or qu'elle s'était offerte dans une bijouterie avec ses petites économies. Elle en était très heureuse parce que cela lui donnait l'impression de briller dans le regard des autres. Autour de l'année 1977, elle était partie en voiture avec un homme noir à la carrure imposante qui lui avait promis monts et merveilles en Floride. Elle n'avait même pas pris la peine d'emporter une valise avec elle. On ne l'avait plus jamais revue. Ces bribes de souvenirs sonnent comme une confirmation. Jane Doe était cette fille du Nord du Mississippi ou alors les enquêteurs de Jackson étaient damnés par les dieux de la police.

À Othram de jouer maintenant. À partir du relevé d'ADN des deux cousines interrogées, le laboratoire recompose petit à petit les contours de l'arbre généalogique de Jane Doe. Entre le Mississippi et le Texas, d'autres parents, à divers degrés, sont identifiés. Une longue série de tests ADN permet de confirmer que la jeune femme fait bien partie de la famille. C'est elle, définitivement. Jane Doe n'est plus un fantôme. Le mardi 21 septembre 2021, un communiqué de presse du bureau du shérif du comté de Jackson est publié sur les réseaux sociaux.

> Après enquête, et en ayant procédé par élimination, les enquêteurs ont conclu que la victime connue sous le nom de Jane Doe du sous-bois de Moss Point est Clara Birdlong, née en 1933 dans le comté de Leflore, dans le Mississippi.
> Samuel Little est considéré comme le suspect principal dans sa mort.

ÉPILOGUE

Le mardi 21 septembre 2021 est un jour de repos pour le lieutenant Versiga. À bord de sa voiture familiale débordant de vieux journaux, de débris de bois et de gobelets de café vides, il roule avec une seule main sur le volant. Il emprunte les rues silencieuses des bas quartiers pavillonnaires de Pascagoula, encadrées par de vieux cyprès révérencieux. Il file dans le trafic de Denny Avenue, longeant une enfilade de stations-service où l'on vend du fuel et des cannes à pêche, de restaurants qui servent des crevettes au boudin et de concessionnaires de mobil-homes aux abords desquels se chamaillent en petite meute des clochards imbibés de whisky, de soleil et de tristesse. Il passe sur le grand pont transbordeur. Alors que sa voiture rebondit sur l'asphalte cabossé défilent à sa gauche les navires de guerre des chantiers Ingalls et, à sa droite, les premiers îlots luxuriants du bayou, où flânent des oiseaux aux larges ailes colorées. Cet endroit est sans pareil, pense Darren Versiga.

Aujourd'hui, le lieutenant traverse le pont pour affaires. Afin d'arrondir ses fins de mois, il remet en main propre des mandats de justice pour le compte d'un cabinet d'avocats. Chacune de ces livraisons lui rapporte quelques centaines de dollars. Ce n'est pas un travail très gratifiant, il faut toquer aux portes à l'improviste, subir les grondements d'inconnus, mais Darren Versiga s'en accommode. Sa liasse de documents posée sur le siège passager, il va de maison en maison en sifflotant, au rythme du vieux rock qui passe à la radio. Un peu après l'heure du déjeuner, il fait étape sous l'auvent d'une station-service de la ville d'Ocean Springs pour refaire le plein. Quand il sort de sa guimbarde poussiéreuse, il sent que ses pieds lui font mal. Il doit avoir des ampoules, à force de crapahuter. Plus tard, quand il sera de retour à la maison, il mettra ses pantoufles, se dit-il.

Il y a du monde autour de lui. Des gens vont et viennent pour dépenser leurs dollars et faire le plein. Ici, la vie est impossible sans véhicule.

Il fait beau aujourd'hui. Le ciel bleu est immense, sans un nuage. Ce mardi de septembre est un jour tranquille dans le comté de Jackson. Tandis que Darren Versiga s'empare de la pompe, son téléphone, qu'il garde bien accroché à la taille à la manière d'une arme, sonne. L'écran affiche le numéro du shérif. En décrochant, il s'aperçoit qu'il tremble légèrement. On lui apprend la nouvelle avant qu'elle ne soit officiellement annoncée. On lui donne un nom et un lieu de naissance: Clara Birdlong, comté de Leflore. Adieu Jane Doe, bonjour Clara Birdlong. Le lieutenant raccroche. Il range son téléphone à sa ceinture et il termine de mettre de l'essence dans sa voiture. À la caisse, il s'achète une bouteille de limonade avec une paille. Puis, le sourire bien accroché sous sa moustache, le lieutenant reprend la route. Il lui reste encore quelques mandats à livrer.

Lorsque le communiqué du comté de Jackson finit par arriver, Darren Versiga ne se rend pas au poste de police afin de célébrer la fin d'une enquête qui aura duré plus de dix ans. Aucun de ses collègues ne l'attend. Personne n'a d'admiration à lui offrir. Les flics font leur travail et, pour eux, la résolution d'un cold case vaut toujours moins que d'arrêter un petit voleur de bifteck à l'épicerie McAlister sur Hospital Road.

Le lieutenant s'en fiche. À la fin de son service, il rentre simplement à la maison, sur Orchard Road. Comme il se l'était promis, le lieutenant se déchausse et, dans un grognement de soulagement, il enfile les vieilles sandales qui lui servent de pantoufles. Jennifer est là. Elle est en train de préparer une fricassée de poulet aux pousses d'épinards et au poivre de Cayenne. Darren Versiga lui annonce que tout est terminé. Il prononce le nom de Clara Birdlong pour la première fois. Sa femme sourit et elle lui dit qu'elle l'aime, avant de se pencher à nouveau sur sa marmite. Pendant que, dehors, les unes de l'Amérique entière reprennent le communiqué du comté et que tous les foyers du pays se passionnent pour l'histoire de cette inconnue que l'on a ramenée d'entre les ténèbres, celui sans qui rien n'aurait été résolu s'en va retrouver le silence réconfortant de sa grange.

Pour digérer ses émotions, le lieutenant se met à travailler le bois. Spontanément, il sculpte à la surface d'une planche de chêne du bayou les formes d'un hippocampe et d'une tortue. Les copeaux qui sautent sous les coups du burin et l'odeur vive de la sciure qui jonche le sol le rassurent. Il a les élans d'un ébéniste, sauf qu'en vérité son esprit est ailleurs. Plus il creuse et plus il affine le bois, plus il pense aux derniers sillons de son enquête. Certains des éléments que lui a confiés Samuel Little ne correspondent pas à ce que l'on sait de Clara Birdlong. Elle n'a jamais vécu à Gulfport, et elle n'a pas non plus travaillé sur les chantiers Ingalls.

Pourtant, le tueur s'était souvenu d'une fille qui ne pouvait être que Clara Birdlong: elle portait une perruque, son sourire débordait de lumière à cause d'une dent en or, et elle avait passé sa jeunesse dans le Nord du Mississippi. À quelle autre vie les images de Gulfport et des chantiers Ingalls appartiennent-elles? Darren Versiga retisse la toile meurtrière de Samuel Little. D'abord, le serial killer a tué plusieurs femmes à Gulfport. Ensuite, la prostituée Hilda Nelson, à laquelle il s'est sauvagement attaqué à Pascagoula, qui travaillait le jour sur les chantiers Ingalls. Le lieutenant comprend, alors. Perdu dans sa mémoire de vieil homme mourant, Samuel Little lui a livré des aveux qui étaient une confiture confuse de ses méfaits. Il a tout mélangé. Darren Versiga finit de façonner son vieux chêne. Les formes s'affirment, elles se déploient sur la longueur du bois en de grandes arabesques bordées. L'hippocampe et la tortue prennent vie et, dans le même temps, quelques mots se mettent à résonner dans l'esprit de Darren Versiga :

« Aux vivants nous devons le respect. Aux morts, nous devons la vérité. »

Une citation de Voltaire qu'un agent du FBI avait eu la coquetterie d'ajouter en signature d'un courrier adressé au lieutenant quelques mois plus tôt.

Darren Versiga ne sait pas qui est Voltaire, mais cette maxime gonfle son cœur. Il ne s'agit que de ça, en fin de compte. En portant cette enquête à bras-le-corps, le lieutenant n'a jamais fait autre chose que suivre ce principe. Sur les contours de son hippocampe et de sa tortue, il verse délicatement un coulis de peinture bleue qui jaillit dans le ton fauve du chêne. Il n'y a plus qu'à attendre que cela sèche.

Dans les jours qui suivent, le nom du lieutenant apparaît régulièrement aux informations, dans les nombreux sujets consacrés à Clara Birdlong. Avec des accents grandiloquents très américains, on le décrit comme un policier solitaire qui ferait un parfait héros de film noir. Plusieurs chaînes de télévisions locales et régionales l'interviewent en direct afin qu'il raconte son enquête par le menu.

Vêtu de son uniforme, alors qu'il est en congé, une paire de lunettes sur le bout du nez, le lieutenant se prête à l'exercice par écran interposé, dans le salon de la maison d'Orchard Road. Il n'a pas le trac et, d'une voix presque détachée, il explique qu'il s'est contenté de faire son métier. Un journaliste du *Washington Post* l'interroge également au téléphone.

Et lorsque l'article du grand quotidien national sort en ligne, le lieutenant s'empresse de le poster fièrement sur son compte Facebook. Il est heureux que l'on reconnaisse enfin sa ténacité. Il espère que son témoignage poussera d'autres policiers à s'investir de toutes leurs forces pour retrouver le nom de victimes restées anonymes. Il existe tant de cold cases dans le pays. L'Amérique est un vaste cimetière de Jane Doe.

Le lieutenant Versiga lit aussi avec intérêt les informations inédites sur Clara Birdlong qui sortent dans la presse. Il aimerait se dire qu'il la connaissait un peu. À Schlater, la fille à la dent en or habitait une maison de bois avec sa mère et son frère, sur la route d'Itta Bena. Le toit était en tôle. Les vitres étaient sales et le perron était parsemé de terre et de graviers. Dans le voisinage se trouvait une petite église baptiste sans clocher cernée par la plantation Ashland où, un siècle plus tôt, les ancêtres de la famille Birdlong ramassaient le coton pour les maîtres blancs. Lorsque Clara Birdlong avait été en âge, elle était allée travailler dans une usine à filer le coton. Peut-être parce qu'elle était un peu paresseuse à la tâche, ses amis la surnommaient « Nuttin' », c'est-à-dire « Rien » dans le vieil argot de l'Amérique noire. On disait : « Va dire ça à Nuttin' », ou bien « Va voir ce que fiche encore Nuttin' ». Contrairement aux conclusions établies par le Civil Aeromedical Institute en 1977, Clara Birdlong n'avait pas eu d'enfant. Mais c'était une femme avec des rêves. Elle voulait être heureuse et riche, et elle était convaincue qu'elle ne pourrait y arriver qu'en quittant le comté. Elle voulait connaître la fureur des grandes villes où tout était possible. Elle avait de puissantes envies d'Amérique. Parfois, aussi, il lui arrivait de disparaître quelque temps, de partir à l'aventure. Souvent avec un homme. Clara Birdlong finissait toujours par revenir près de la plantation Ashland.

Le jour où elle était partie avec cet inconnu qui devait être Samuel Little, on ne s'était donc pas trop inquiété.

Voilà que Nuttin' faisait encore des siennes, avait-on dit. Après une longue absence, on avait fini par comprendre qu'il lui était arrivé un malheur. Personne n'était parti à sa recherche cependant. On ne savait pas comment s'y prendre. Peut-être aurait-il fallu commencer par aller voir la police. Mais même pour une inquiétante affaire de disparition, les gens d'ici ne faisaient jamais une chose pareille. Ils ne pouvaient pas les aider et encore moins les sauver. La vie de Clara Birdlong n'avait donc été entrée dans aucune base de donnée. Sa disparition n'existait pas et c'est ainsi qu'elle était devenue Jane Doe. À Shlater, on avait attendu en vain qu'elle réapparaisse, et puis on avait arrêté d'attendre. Les années étaient passées. Le souvenir de la fille à la dent en or s'était lentement émietté. Sa mère, qui avait longtemps prié le bon Dieu en pensant à elle, était morte. Son frère aussi était mort. Et à la fin, on avait rasé la vieille bicoque familiale.

Bientôt, le bureau de médecine légale du Mississippi s'occupera de remettre les restes en boîte de Clara Birdlong à sa cousine Sylvia, qui vit à Itta Bena, sur la bien nommée Sunflower Road. Darren Versiga aimerait être celui que l'on chargerait de cette mission. Si ce n'est pas possible, il se débrouillera pour rendre visite à Sylvia un jour. Il veut la rencontrer, elle qui porte aussi le nom de Birdlong. Ce sera pour lui la manière de mettre un point final à cette enquête qui a commencé sur un élan d'enthousiasme dans les archives du Pascagoula Police Department. Il s'y voit déjà :

« Je roulerai à toute vitesse, sans savoir dans quel quartier j'atterrirai. Je m'arrêterai devant un petit pavillon défraîchi. Je courrai jusqu'à la porte et je sonnerai plusieurs fois d'un coup. La cousine m'ouvrira lentement. Dans l'entrebâillement de la porte, je me présenterai : “Bonjour Miss, je suis le lieutenant Darren Versiga, je travaille à la police de Pascagoula, et j'enquête sur de vieilles affaires”. Je lui raconterai comment un homme a été obnubilé par l'histoire de sa cousine pendant toutes ces années. Clara n'était pas seule. La dame me regardera avec de grands yeux. Je lui dirai que cet homme, c'est moi, ce gros type en uniforme. Je lui dirai aussi combien je suis heureux que Clara ait pu rentrer chez elle, qu'elle soit enfin avec les siens. Je lui raconterai toute l'histoire. Je lui parlerai du sous-bois, de Samuel Little et de mon émotion. Je lui dirai que sa cousine, eh bien, je l'aime comme si elle était ma propre cousine. On se prendra dans les bras. Avant de partir, je lui demanderai simplement de me montrer une photo de Clara. Pour voir comment elle était vraiment, pour croiser son regard. J'en ferai une copie pour mes archives. Ce sera la trace de ma victoire. »

Darren Versiga tangue quand il pense à cette rencontre. Son insigne et son pistolet tanguent avec lui. Cela a toujours été son destin de policier de tanguer, semble-t-il. Malgré ça, il a toujours fait en sorte d'avancer.

NOTE DE L'AUTEUR

Ce livre est la prolongation d'un grand reportage publié au printemps 2019 dans les pages du magazine *Society*. J'ai passé une semaine au côté du lieutenant Darren Versiga, à Pascagoula, dans le but de raconter ce qu'était son enquête. Très vite après la parution de ce papier d'une dizaine de pages, il m'est apparu de manière assez évidente qu'il fallait faire plus. Le lieutenant méritait d'être le personnage central d'un livre, pour son travail comme pour sa vie en général. Pendant près d'un an et demi, nous avons donc échangé de manière hebdomadaire au téléphone, entre Paris et le Mississippi. Chacun de ces entretiens téléphoniques était consacré à un thème particulier tout en étant l'occasion de faire un point sur l'enquête consacrée à celle qui était encore Jane Doe.

Le déroulé des aventures du lieutenant Versiga dans cet ouvrage se base en grande partie sur ces échanges. Dans le même temps, il m'a été permis de discuter au téléphone avec un certain nombre d'autres personnes, parmi lesquelles des membres du programme NamUs.

Au printemps 2021, j'ai effectué un nouveau reportage à Pascagoula. Quinze jours durant, j'ai collé aux basques du lieutenant Darren Versiga. J'ai vécu chez lui et avec sa famille. Je l'ai accompagné au poste de police, mais aussi sur le terrain pour le voir enquêter. De nombreuses scènes de la fin de ce livre sont issues de cet important moment de reportage. Afin de fluidifier le déroulé de l'histoire, j'ai procédé à quelques ajustements chronologiques qui ne changent en rien la façon dont l'enquête a ralenti ou progressé.

Enfin, les courriers, les dépositions et les rapports qui se trouvent, par extraits, dans ce livre, sont des éléments que j'ai eu en main au cours de mon travail.

REMERCIEMENTS

La formidable aventure qu'a constituée pendant près de deux ans ce livre, du reportage à l'écriture, n'aurait jamais pu arriver sans la générosité et la curiosité de son personnage principal, Darren Versiga. Je ne le remercierai jamais assez de m'avoir laissé entrer dans sa vie, sans jamais compter son temps. Cette pensée est d'autant plus chaleureuse et émouvante que le lieutenant m'a sauvé la vie. Nous étions l'après-midi du 8 mars 2019 au bord du bayou de Pascagoula, et ce qui est arrivé à ce moment-là restera gravé à jamais dans notre mémoire. Aujourd'hui, nous pouvons en rire de bon cœur.

Je tiens également à remercier Jennifer Versiga, qui m'a chaleureusement accueilli dans la grande maison d'Orchard Road, alors que je n'étais pour elle qu'un inconnu venu de loin.

À Pascagoula, il me faut remercier les chefs Kenny Johnson et Matt Chapman qui, l'un après l'autre, m'ont permis d'évoluer librement aux côtés du lieutenant quand il était en uniforme. Ce travail doit également beaucoup, à un moment très particulier, au personnel du Singing River Hospital de la ville. Le sourire des médecins, les attentions des infirmières et des infirmiers, ont fini par étouffer mes peurs au cours des longues journées, et des nuits encore plus longues, qu'il m'a fallu passer dans l'une des chambres de l'hôpital. À ce titre, un autre remerciement va au photographe de La Nouvelle-Orléans William Widmer, compagnon de route lors de mon premier reportage et qui fut là, lui aussi, pour m'aider lorsque j'en avais besoin.

Ce travail a débuté à une époque où je résidais à Berkeley, en Californie. Je remercie ainsi ceux qui, de ce côté de l'Amérique, m'ont laissé vivre dans leur joli pavillon de Bienvenue Avenue, pendant près de huit mois : ma cousine Rebecca Chocron-Malkin, que j'aime tendrement, et son mari, Lionel, leurs enfants Noam, Mia et David. Je pense également à la joyeuse bande de la baie de San Francisco dont j'ai pu partager les émotions et les passions à cette époque : Benjamin Quesnel, Dan Semo, Pierre Tettart et Colin Baylen.

Une partie du travail d'écriture de ce livre a été réalisée à L'Île-Rousse, en Corse, dans la pénombre d'un petit studio depuis lequel je pouvais voir la beauté du maquis. Je remercie ici du fond du cœur Guitou et Marie-Jo Panciatici, ainsi que Lily Panciatici qui m'ont accueilli avec toute la bienveillance du monde chez eux. Je remercie également Léa Zéroil, Samy Zéroil, Anne-Marie Torre et Letizia Savelli qui, tous, ont bien voulu m'accepter parmi eux, sur leur île et leur terre.

Un autre remerciement va à la rédaction de *Society Magazine*. Je saurai toujours gré à Franck Annese, Stéphane Regy, Marc Beaugé et Baptiste Lambert de m'avoir donné tout le temps que je souhaitais pour m'atteler à l'écriture de ce livre. Quant aux journalistes Victor Le Grand et Antoine Mestres, collègues et partenaires de belles complicités, je les remercie aussi d'avoir été là.

Mes éditeurs, Cyril Gay et Clémence Billault, n'ont jamais cessé de croire en mes envies d'Amérique. Ils ont aimé le lieutenant Versiga dès nos premières discussions à son sujet, et ils ont couvé mes travaux d'une attention régulière et rassurante. Pour ça, je n'aurai jamais assez de bouquets de « mercis » à leur envoyer. Ils savent ma fidélité.

Marchialy est une maison que je souhaite à tous les auteurs de ce monde.

Je remercie mes amis d'avoir continuellement accompagné cette histoire de leurs bons mots, de leurs grands rires et de leurs envies de savoir ce qu'est le Mississippi comme pour m'arracher de manière fraternelle à ma solitude d'auteur : Loïc Hecht, Hugo Diaz, Thomas Brengou, Loïc Bony, Rafael Wallon, Bastien Laurent, Salomé Vidal et Fleur Bertin.

D'autres pensées vont à ma mère, Sophie Bolliet, et à mon père, Jean-Élie Malkin, qui m'ont donné le goût des histoires, celui du monde et, *in fine*, de l'écriture. Si je suis arrivé jusqu'au lieutenant Versiga, c'est grâce à ce qu'ils ont toujours été pour moi.

Et puis Livia Panciatici. La force de sa présence, dans la proximité ou l'éloignement, aura été au cours de ces derniers mois la chose la plus précieuse que j'ai eue avec moi pour mener ce projet à bien. Je lui en suis inconditionnellement et éternellement reconnaissant. Il y a une part d'elle dans ce livre.

Lieutenant Versiga a été écrit entre L'Île-Rousse, Paris et Kiev, en Ukraine.

AUX

ÉDITIONS

MARCHIALY

Jake Adelstein,
Tokyo Vice
J'ai vendu mon âme en bitcoins
Le Dernier des yakuzas

Cristian Alarcón,
Que ma mort soit une fête

Sinar Alvarado,
Portrait d'un cannibale

Noé Álvarez,
10 000 km

Jorge Enrique Botero,
Attends-moi au ciel, capitaine

Jean-Charles Chapuzet,
Mauvais Plan sur la comète
Du bleu dans la nuit

John Danalis,
L'Appel du cacatoès noir

Timothée Demeillers et Grégoire Osoha,
Voyage au Liberland

Armand Gatti,
Envoyé spécial dans la cage aux fauves

Manon Gauthier,
Les Pièces manquantes

Alma Guillermoprieto,
La Révolution, la Danse et Moi

Allison Hoover Bartlett,
L'Homme qui aimait trop les livres

Kirk Wallace Johnson,
Le Voleur de plumes

Kapka Kassabova,
Lisière
L'Écho du lac

Jay Kirk,
Esquive le jour

Raphaël Krafft,
Les Enfants de la Clarée

Karim Madani,
Jewish gangsta
Tu ne trahiras point

Raphaël Malkin,
Le Rugissant

Miguel Prenz,
La Guerre des dinosaures

Evan Ratliff,
Disparaître dans la nature

Alberto Salcedo Ramos,
L'Or et l'Obscurité

Anjan Sundaram,
Bad News
Kinshasa jusqu'au cou

Taina Tervonen,
Les Fossoyeuses

Titaÿna,
Une femme chez les chasseurs de têtes
Les Ratés de l'aventure

Trente-deuxième ouvrage au catalogue des éditions Marchialy, ce livre est triplement marqué par le chiffre 3 :

Le récit repose sur un flic (entêté), une victime (anonyme) et un tueur (hors du commun).

La narration est portée par une histoire (toujours véridique), un auteur (tenace, celui-là) et un style (emprunté au roman noir, avec une option « bayou » en supplément).

Il aura aussi fallu trois typographies pour composer ce texte : la Roman grotesque (dernière pépite de Bureau brut) pour le titre et les entrées de chapitre, la Traulha Lineara pour le titre courant, et enfin l'ITC Cheltenham pour le corps du texte.

Composition et mise en pages
Studio Abble à Paris

Dépôt légal : février 2022
ISBN : 978-2-38134-028-9
Achevé d'imprimer en janvier 2022
par Aubin Imprimeur
Numéro d'impression : 2109.0317
Imprimé en France